徳 間 文 庫

疾《しっ》風《ぷう》の義賊

辻堂 魁

徳間書店

目次

緒　捨て子

一

獣《けもの》の奇声が、小雪の舞う路地に響き渡った。

春は名のみの雪の昼さがり、浜十三町《はまじゅうさんちょう》と呼ばれる大川端《ばた》の漁師町を、薄汚い小僧が甲高《かんだか》く喚《わめ》きながら勢いよく駆けていた。

「人さらいがきたぁぁぁぁ」

年のころは、六歳かせいぜい七歳くらい。痩《や》せた小さな身体《からだ》に汚れた紺の布子《ぬのこ》の半《はん》着《ぎ》一枚を荒縄できゅっと締め、しかも、町内の路地や辻《つじ》へ薄《う》っすら白い雪化粧を施し始めた寒空に裸足《はだし》だった。

蓬髪《ほうはつ》に手足も顔も垢《あか》にまみれ、朱の唇から白い息を吐き、どぶ板を激しく鳴らして路地から表通り、表通りからまた路地へと遮二無二《しゃにむに》駆け抜けていく。

まるで町内にさ迷いこんだ山犬が、怒りと怯《おび》えに目を光らせ、声を限りに吠《ほ》えつつ走り廻《まわ》っているように獰猛《どうもう》で、手が付けられないほど敏捷《びんしょう》だった。

浜十三町は永代橋《えいたいばし》東詰めより大川端の浜通りを北東へ、下の橋、中の橋と掘割を渡り仙台堀に架かる上の橋の手前まで伸びた漁師らの居住地である。

この町の漁師らは、きすに鱸《すずき》、ときには蜆《しじみ》に蛤《はまぐり》、手長海老《てながえび》などの漁で暮らしをたてる一方、月に三度は江戸前の恵みをお城へ献上する大事なお役目も承《うけたまわ》っており、そんじょうそこらの漁師とは違うぜ、とそれが自慢である。

その浜十三町の大川縁や掘割の、杭《くい》に繋《つな》がれ舫《もや》っている漁船や干したまま仕舞い忘れた網にも、春の雪が舞い落ち、小鷺《こさぎ》が鈍色《にびいろ》に沈んだ川面《かわも》を飛び交っていた。

「人さらいがきたぁぁぁ」

と、小僧が路地を駆け路地木戸を飛び出たところで、大きな壁にどしんとぶつかり跳ねかえされた。

あはっ……

路地の住人らが、疱瘡《ほうそう》よけの赤い褌《ふんどし》と尻《しり》を丸出しにして木戸脇《わき》へひっくりかえった小僧の派手な転げように、どっと笑った。しかし、

「誰《だれ》でえ」

と、勝気に跳ね起きた丸い頭へ部厚い瓦《かわら》みたいな掌《てのひら》が見舞われた。

ふらり、とよろめいた小僧に野太い怒声が浴びせられた。

「どぶ鼠《ねずみ》、もう逃がさねえ」

尻餅《しりもち》を突いて見あげると、壁のように立ちはだかった深川八幡界隈《ふかがわはちまんかいわい》の地廻《じまわ》りの文彦《ふみひこ》が、湯気が昇るほどに赤らんだ形相《ぎょうそう》を歪《ゆが》め睨《にら》みおろしていた。

やばい、逃げなきゃ――そう思って手足をじたばたさせやっと起きあがったところへ、首筋を蛇《へび》みたいに絡《から》み付く長い指につかまれ易々《やすやす》と吊《つ》るしあげられた。

「首根っ子を圧《へ》し折ってやる。覚悟しやがれ」

ぎしっ、と音をたてて指が細い首筋へ食いこんだ。

「いたたた……は、放せ。放せ、ばか。間抜け」

小僧は丸い顔をくしゃくしゃにして文彦へ蹴《け》りを入れるが、吊るしあげられた足は触れもしなかった。

三日前、小僧は浮浪児仲間の代助《だいすけ》、羊太《ようた》兄弟と組んで、文彦の懐《ふところ》を狙《ねら》った。

三人が深川八幡一の鳥居を通りかかると、まだ日の高いうちから酔いつぶれ鳥居の石の土台へ凭《もた》れこんで高鼾《たかいびき》をかいている文彦を見付けた。

文彦は永代寺門前町の盛り場や八幡旅所《たびしょ》の岡場所をうろつき、賭場《とば》に出入りする客の使い走り、小料理屋、女郎屋、町芸者の置屋《おきや》などを用もないのに廻り、二朱、三朱ばかりの小遣《こづか》いをせびって日々をしのぐしけた地廻りだった。

綽名《あだな》を赤鼬《あかいたち》と言い、ときには強請《ゆす》りたかりまがいの稼ぎもやる半端者《はんばもの》でもあった。

「赤鼬だ。け、間抜け面《づら》してやがらあ」

二つ三つ年嵩《としかさ》の代助と小僧が目配せを交わした。

だらしなくはだけた文彦の前襟《まええり》の間に、巾着《きんちゃく》がのぞいていたのだ。

文彦は図体《ずうたい》のでかい凶暴な男だったが、それでも一日一日生き延びるのに精一杯の小僧ら浮浪児にとっては格好の獲物《えもの》だった。

代助が手ごろな石ころを両手に拾い、小僧へ目配せした。

三人は恐る恐る文彦の傍《かたわ》らへ近寄った。

小僧が前襟の間から、そおっと、巾着を抜き取りにかかった。

小僧は手先が器用だった。町内の通りかかりは幾人もいたが、浮浪児や文彦とかかり合いになるのを嫌がって、みな一瞥《いちべつ》を投げるばかりで咎《とが》めもせずゆきすぎた。

三人の中では一番年下の羊太が兄代助の後ろに隠れ、固唾《かたず》を呑んで見守った。

するっ、と巾着が文彦の懐から抜けた。

途端、大きな手が小僧の枝のような手首をつかんだ。

起きあがった文彦の酒臭い息がかかり、真赤な顔に血走った目を剝《む》いていた。

ああっ、と叫んだのは羊太だった。

咄嗟《とっさ》に小僧は文彦の腕に嚙《か》み付いた。あたたた……と喚いた文彦の月代《さかやき》の伸びた額《ひたい》に代助の投げた石が、かあん、と跳ねかえる。

文彦が小僧の手を放し、額を押さえて立ち止まった隙《すき》に三人は逃げ出した。

「どぶ鼠、待ちやがれ」

真赤な顔をした大きな図体が怒鳴りつつ、追いかけてきた。

逃げ足なら負けやしない。

小僧は立ち止まり追いかけてくる文彦を睨みつつ、口の中に残った嚙み付いた気《き》色悪《しょくわる》さを、ぺっと吐き捨てた。

その文彦と、三日がたったつい今しがた、浜通りで出くわしたのだ。

代助と羊太は佐賀町《さがちょう》の小路《こうじ》へ逃げこみ、小僧は通りの反対側の路地へ走った。

案の定、文彦が追いかけてきたのは小僧の方だった。

文彦は小僧を地面へ叩《たた》き付け、毛むくじゃらの丸太の足で蹴飛ばした。

小柄な身体が悲鳴とともに石ころみたいに飛ばされ、板壁にぶつかり、小僧は気が遠くなった。

文彦にまた吊るしあげられ、耳元に響くがなり声がかすれていく中、小僧に見えていたのは、灰色の空に舞うやわらかそうな雪と、天空の下に盤踞《ばんきょ》するかのごとき石垣と白壁に囲われた巨大な城郭だった。

「まあまあ文さん、こんな小汚いちびにむきにならなくても」

文彦の剣幕を恐れて遠巻きにしていた路地の住人らの間から、深川永代寺門前仲町の女郎屋安達《あだち》で遣り手《やりて》に雇われているお杉《すぎ》が、手拭《てぬぐい》を吹き流しにかぶり、白くなりかけた道へ嬌態《しな》を作るように下駄《げた》を鳴らし出てきた。

「ああ？　ああ、お杉さんか」

文彦はお杉に照れ笑いを投げた。四、五日前に安達で遊んだ折り、手持ちが足りずお杉に借りたまま返していない勘定《かんじょう》が残っていた。

「文さんほどのいい兄《あに》さんが何やってんのさ、ちび相手に」

お杉は眉《まゆ》を落とした顔に、無気味に鉄漿《おはぐろ》を光らせた。

「こいつがよ、おれの巾着くすねやがったでな」

「文さんの巾着を？　とんでもない悪餓鬼《わるがき》だね。番所に連れていくのかい」

「番所になんぞいかねえ。大川へぶん投げてやるべえ」

「およしよ。大川へ捨てたって一文《もん》の得にもならないだろう。どうだい、この子をあっしに譲ってくれないかい。ただでとは、言わないからさ」

ただでとは言わない、と聞いて文彦は唇をへの字に曲げた。

「文さんには貸しが溜《た》まっていただろう。なしにしたげるよ。どう?」

「そうはいかねえ。おらあ、このどぶ鼠に有り金持っていかれちまったんだぜ」

三日前、文彦の盗《と》られた巾着には百文も入っていなかった。

だがお杉はそこら辺の呼吸は心得ており、文彦の足元へ、ちゃっ、と鈍い光物を投げた。

「だからさ、おまけに、これでどうだい」

南鐐二朱銀《なんりょう》だった。

文彦は南鐐銀を見ると、たちまち小僧への怒りを忘れた。

「こんな糞餓鬼《くそがき》どうでもかまやしねえ。煮るなり焼くなり、お杉さんの好きにしな」

文彦は小僧を投げ捨て、また蹴った。

小僧は雪の舞う小路を転がり、文彦とお杉の間にぐったりと横たわった。

四半刻《しはんとき》後、痛みを堪《こら》えつつ、小僧は雪の舞う入り堀端をお杉の後ろに従っていた。

お杉はとき折り、小僧へ振りかえって、

「もうちょっと早く歩けないのかい。ぐずだね」

と、眉間《みけん》に癇性《かんしょう》な皺《しわ》を寄せ小言を吐いた。

お杉と小僧は、干鰯《ほしか》が臭《にお》う西永代町の干鰯市場をすぎ油堀へ出て千鳥橋《ちどりばし》を渡った。

そこから東へ堀端に沿って、界隈の人々が八幡町と呼ぶ永代寺門前仲町の通りへ出ていく。

そのころには雪が本降りになっていて、町はすっかり雪景色に包まれていた。

普段は通りに賑《にぎ》わう八幡さまや永代寺の参詣客《さんけいきゃく》の姿はまばらで、蛇《じゃ》の目《め》を差した
り合羽《かっぱ》を羽織ったりしていき交う人影も急ぎ足だった。

雪道は裸足の小僧には涙が出るほど冷たかった。

お杉は途中、一膳飯屋《いちぜんめしや》へ寄り、小僧に丼飯《どんぶりめし》を食わしてくれた。

雪道の冷たさを免《まぬが》れたうえ、丼飯に鰯《いわし》の煮付け、沢庵《たくわん》の漬物、それにあったかい味《み》
噌《そ》汁が、昨日の昼からろくに飲まず食わずで飢えた小さな身体を生きかえらせた。

お杉は飯屋の長腰掛にかけて煙管《キセル》を吹かしつつ、小僧に話しかけた。

「おまえ汚いねえ。いつ風呂へ入ったんだい」

「…………」

名前はあるのかい。

「…………」

年はいくつだい。

「…………」

お父《と》っつあんとおっ母《か》さんは……

お杉が訊《たず》ねても、小僧は応《こた》える素振りも見せず二杯目の丼飯に貪《むさぼ》り付いていた。

媚《こび》を売りもしない小僧の蓬髪の頭を、煙管で小突いた。

「ふん、可愛《かわい》げのないちびだこと」

お杉は、門前仲町にある女郎屋安達の遣り手仕事の裏で、女郎が産んだ赤ん坊や拾った浮浪児を売り飛ばす人買《ひとかい》でこっそり稼いでいた。

人身の売り買いは表向きご法度《はっと》だが、人買の裏稼業の方が遣り手の仕事よりずっといい稼ぎになった。お杉は、自身が女郎奉公をしていたときからほかの女郎の産んだ子を人買に売って金を得て、女郎からも礼金をせしめていた。

女郎の産んだ赤ん坊は里子に出せれば好運だが、大抵は闇《やみ》に葬られる。

売れるなら人買に売った方がせめてもの人助けさ、とお杉は言ってはばからない。

女郎を辞めて遣り手になってから、裏稼業を界隈の浮浪児にも広げた。

　この小僧は、門前仲町の界隈をまれにうろついている小汚い浮浪児らの中にいて、ちょっと顔だちがいいのを見覚えていた。たまたま浜通りを通りかかったところ、文彦に痛め付けられている小僧を見かけ、つい声をかけた。

　いいかい、よくお聞き——とお杉は煙管に新しい刻みを詰めながら言った。

「おまえは大川へ捨てられるところをあっしに助けられたんだ。あっしが助けなかったら、今ごろは魚の餌《えさ》になっていたんだよ。あっしはおまえの命の恩人だ。わかるかい」

　小僧は飯を食い終わってぼんやりしていた。

　お杉は煙をくゆらせ、続けた。

「だから、命の恩人の言うことをちゃんと聞いて、いい子にしてな。いい子にしてりゃあ、おまえにだっていいことがあるかもしれないんだからさ」

　小僧はやはり応えなかった。

　こいつ、ちょいと頭がおかしいのかね。もしそうなら、下手《へた》な買物をしちゃったんじゃないのかい、と心配にもなった。

「もう一度聞くよ。おまえの名前は？」

　すると小僧は首を左右に振った。

「なら、おまえは仲間になんて呼ばれていたんだい」

「おいとか、おめえとか、小僧とか」

小僧は初めて、ちょっと生意気そうな、けれども子供らしい澄んだ声で応えた。

「そうかい。それじゃあ年も知らないね。まあいいか。名前を付けないとね……」

飯屋の亭主が、お杉と小僧の茶碗に新しい茶を淹《い》れた。

お杉は文彦に吊るしあげられた小僧が、手足をじたばたさせ暴れ廻っていた乱暴振りを思い出し、らん……と言いかけて茶を含んだ。

「らん、乱のすけ。そうだ、乱之介《らんのすけ》にしよう。侍の子みたいでいい名だろう。おまえはお武家の血筋を引いている子だ。ちびだから年は六歳。そうしておき乱之介」

お杉は、はは……と気色の悪い鉄漿を小僧へ向けた。

「おれはおばさんの家の子に、なるのか」

小僧が訊《き》いた。

「よしとくれよ。おまえみたいな汚い小僧をうちの子にできるもんかね」

調理場で聞いていた飯屋の亭主が調理場との仕切り棚の間から小僧を見やり、おかしそうに笑った。

お杉の裏稼業は界隈の盛り場では知られていた。

お杉は煙管を煙草《たばこ》入れに仕舞い、手拭を吹き流しにかぶった。

「いくよ、乱之介」

二

女郎屋安達は、門前仲町と門前町の境の深川摩利支天横町《まりしてんよこちょう》から仲町側へ入った小路の一画にあった。

小路の両側はどれも二階家の女郎屋や色茶屋で、一画には木戸がたて廻《めぐ》らされ、木戸脇の番小屋には、綿入れの半纏《はんてん》を羽織った男らが火鉢の周りで花を打っていた。

富岡《とみおか》八幡の参詣を口実に門前仲町の岡場所が目当ての客の姿も、春の大雪になった遅い午後には見えなかった。

お杉は安達と隣家の間の狭い路地を身体を斜めにして抜け、勝手口がある中庭の井戸端へ小僧を連れていった。そして、身を切る冷たい井戸水で汚れた顔と手足を「よし」と言うまで繰りかえし洗わせた。

「耳の穴も綺麗《きれい》に洗いな。物置で寝たくないだろう」

お杉はかじかんだ手で顔を洗う小僧に、自分も身体を縮めて震えながら言った。

それから、勝手口より端女《はしため》らが立ち働いている台所へ入り、端女らが不審そうに見つめる中を「目を伏せてな」と小僧に声をひそめ、板敷へあがった。

薄暗い廊下を忍び足で歩いている途中、若い者とすれ違ったが、お杉が唇へ人差し指をたてて、内緒、という仕種《しぐさ》をすると、若い者は小僧へ訝《いぶか》しげな一瞥とわけ知りの嘲笑《ちょうしょう》をくれただけで通りすぎた。

小僧が連れていかれたのは火の気《け》のない布団部屋だった。

布団部屋は二階へあがる階段の裏にあるらしく、のぼりおりする足音が、とんとんとん……と聞こえた。

埃《ほこり》っぽい臭いのする布団が低い天井近くまで重ねてあって、ほかに古びた箪笥《たんす》や屏風《びょうぶ》などの古道具が隅の壁際に並んでいた。

壁側に作った小窓の障子《しょうじ》が、外の明かりを薄っすらと映していた。

小僧は布団の山と古道具の間の畳半分ほどの隙間に座らされた。

「あっしはこれから仕事だから、おまえはここで大人《おとな》しくしているんだ。勝手に外へ出ちゃあいけないよ。後で食い物をもってきてやるから。布団はこれをお使い」

と、煎餅《せんべい》布団を二枚引きずり出し、ほかの布団や道具には絶対触れちゃあならないと念押しした。

こほん、こほん、と小僧は枯れた咳《せき》をし始めていた。

「おばさん、小便がしたい」

咳をしながら言った。

お杉は「小便？」と煩《わずら》わしそうに顔をしかめた。しぶしぶと小僧を廊下の端の雪隠《せっちん》へ連れていき、

「どうしても我慢できなくなるまで我慢おし。どうしても我慢できなくなったら、人がいないときを見計らっていくんだ。咳も聞かれちゃならないよ。いいね」

と、それも口うるさく言って、小僧を布団部屋に残し立ち去った。

火の気のない部屋はぞくぞくするほど冷えこんだ。

小僧は冷たく薄っぺらな布団にくるまった。

文彦に痛め付けられた首や背中や脇腹が、ずきずきと疼《うず》いた。おまけに寒気《さむけ》がして節々がだるくてならなかった。

布団は少しも温かくならず、身体の震えと咳が止まらなかった。

けれども、永代寺本殿の回廊の床下で藁莚《わらむしろ》にくるまって寝るよりはましだった。

襖《ふすま》の外の廊下を人が時どき通るたび、息を止めて咳を堪えるのがひどく苦しかった。

男と女の甲高い笑い声や戯《じゃ》れる嬌声《きょうせい》、階段を踏み締める響きが絶えず伝わってき

た。三味線と太鼓の音も聞こえた。

「よう、色男。こっちこっち。情の濃い姉さんがお待ちかね」

表の方で、客引きが客を呼んでいた。

「へえい、お二人さんおあがりぃぃ」

誰かが言うと、お二人さんおあがりぃぃ……と店のあちこちから声が応じた。

小僧はそれらの物音や声をぼんやり耳にしながら、身体を虫のように縮めて寒さをじっと堪えた。

頭がぼうっとして重たかった。

重たい頭で、自分がどうしてここに寝ているのか考えた。

物心付いたときから父親母親は知らなかったし、名前はなかった。

小僧の名は、「おい」か「おまえ」だった。

何人かの子供らが一緒にいて、薄暗い納屋《なや》で寝起きしていた。

恐ろしい顔をした男が見張っていたし、納屋の戸は開かないように鍵《かぎ》がかかっていたから、外に出て遊ぶことはできなかった。

戸の隙間から細い光が差し、鶏《にわとり》の鳴き声が聞こえた。

男は飯を食わしてくれた。まれに怒鳴り声をあげて小僧らを打った。どうして打たれるのかわからなかった。

けれど小僧は泣かなかった。泣くと男にもっと打たれることがわかっていた。

時どき、にこにこと笑みを浮かべ優《やさ》しい顔をした別の男が現れ、両天秤《りようてんびん》の笊《ざる》に子供をひとりずつ乗せ、どこかへ連れていった。納屋の戸の隙間からのぞくと、子供を乗せた笊がゆらゆらとゆれていた。

連れていかれた子供は二度と戻ってこなかった。

恐ろしい顔をした男よりも、にこにこ優しい顔をした男の方が恐《こわ》かった。

ある日、小僧は優しい顔をした男に手を引かれ、納屋を出た。

男の両天秤の笊には、小僧よりもっと小さな子供が乗せられていた。

田んぼがどこまでも広がっていて、遠くに村の家々が固まり、森や川が見えた。

あれはどこだったんだろう。

代助と羊太兄弟に教えられて知ったことだけれど、もっと遠くには、きらきら光る海もあった。

川があった。川堤を優しい顔をした男の後に付いて歩いた。

それから小僧は男の隙を見付けて、川へ飛びこんだのだ。

頭の上に川面とお天道《てんと》さまが見えた。小僧はもがいた。もがいた手に木が当たり、それをつかんで川中の流木の間から顔を出した。

優しい顔をした男が、川の向こうで恐い顔をして何か喚いていた。

小僧は流木につかまったまま川を流れ、やがて川縁《かわべり》の水草の中で止まった。

堤へ這《は》いあがり、田んぼの中を走り、森を抜け、丸木橋を渡った。

また田んぼの中を走り、やがて長い長いどこまでも続く野の道を歩いていった。

それからあたりが暗くなった。

心細さとひもじさに泣きそうになったが、小僧は泣かなかった。

どう泣けばいいのか、わからなかった。

足を引きずるくらいくたくたになったころ、人が一杯いて明かりがそこら中に灯《とも》された大きな町に着いた。

その大きな町にあった大きな寺の回廊の床下で、代助と羊太に出遇《であ》ったのだ。

代助と羊太は、小僧に食い物をわけてくれた。

「おめえ、どこのもんだ」「どこのもんだ」と代助と羊太が訊いた。

知らない——と小僧は応えた。

そうだ、あれはどこだったんだろう。

小僧には何もわからなかった。自分が誰かもだ。

ただ、あの田んぼの中の薄暗い納屋が間違いなく小僧の故郷だった。

目が覚めると、部屋は真っ暗だった。

喉《のど》が刺されるように痛み、咳が止まらなかった。

火の番の鉄杖《てつじょう》が、さく、さく、と雪道に音をたてていた。

無気味な犬の遠吠えが響いてきた。

小僧は力の入らない身体を懸命に起こし、手探りで壁の小窓を探った。

背伸びをして障子戸と板戸を開けた。

敷居に積もった雪をつかんで口へ含んだ。

かろうじて渇きを癒《いや》したが、飲みこむのに喉が切られるみたいに痛んだ。

それから布団に戻ろうとよろめきながら、気を失った。

どこか遠くの方で、女の人がけたたましく笑っていた。

次に気が付いたとき、お杉が小さな土火桶《つちひおけ》に手をかざし、煙管を吹かしていた。

部屋は少し明るくなっていて、寒さはやわらいでいた。

身体の震えは止まったものの、お杉の姿があっちこっちへゆれていた。

「とんだ貧乏くじ引いちゃったよ。乱之介、しっかりおし。ここでおまえに死なれちゃあ、大損なんだからさあ」

お杉の声がかすかに聞こえた。

小僧は目をつむり「平気だ」と言った。

冷たい手拭を額に当てられ、布団がもう一枚重ねられた。

それが気持ちよくてまた気を失った。

三度目の目覚めのとき、小僧は喉や節々の痛みと咳、だるさが収まり、身体が汗ばむくらい温かいことに気付いた。

襖の外で足音が聞こえ、お杉がいい匂《にお》いのする土鍋《どなべ》を提げて部屋に入ってきた。

「目が覚めたかい。腹が減っているだろう。お粥《かゆ》を作ってきてやったよ。これを食べて元気をお出し」

お杉は杓子《しゃくし》に粥を掬《すく》って小僧に食べさせながら言った。

「おまえは三日三晩、死にかけていたんだ。あっしが負《お》ぶって小便に連れていってやったのを、覚えているかい」

小僧は香ばしい粥を飲みこみつつ、首を横に振った。

三日三晩なんて、ほとんど何も思い出せなかった。

「おまえの命を二度も救ってやったんだから、命の恩人の顔を忘れるんじゃないよ」

お杉の鉄漿が薄気味悪く光っていた。

小窓から暖かな日が差しこみ、ちちち、と雀《すずめ》が鳴いていた。

粥を食い終わると、勝手口脇の土間の湯をはった盥《たらい》に入れられた。

「ああ、汚い汚い」

お杉は顔をしかめつつ、小僧の身体をごしごしと洗った。盥の湯はたちまち黒く濁った。そこへ太った端女が桶を提げて現れ、「かけるべえ」と桶の湯を小僧の頭から水飛沫《みずしぶき》を散らしてかけた。

お杉は小僧を裸のまま布団部屋へ連れ戻り、

「あの汚い布子は燃やしたからね。赤ふんは洗っといた」

と、おれがやると言う小僧の手を払い、手ずから赤い褌を小僧の腰へぎゅっと巻いて、商家の奉公人みたいな縞木綿《しまもめん》の古着を着せた。

そして、小僧の髪を乱暴に梳《くしけず》り、頭の後ろに束ねて麻紐《あさひも》で結んだ。それから指先で小僧の顎《あご》を持ちあげると、顔を右と左へひねってまじまじと見つめた。

「へえ、存外男前じゃないか。驚いたね。本当に侍の家の子みたいに見えるよ」

よし、乱之介、ついておいで——とお杉は立ちあがった。

小僧はお杉に従って摩利支天横町の岡場所を後にし、門前町の通りを深川八幡の方角へたどった。

町は三日前の大雪がすっかり溶けて、暖かな春の陽気だった。

お杉は参詣客で賑わう八幡境内《けいだい》の、大鳥居脇の出茶屋《でぢゃや》へ入った。

葦簾《よしず》の陰の緋《ひ》の毛氈《もうせん》を敷いた長床几《ながしょうぎ》にかけた黒羽織の侍が、お杉と小僧の方を見ていた。侍の脇に黒鞘《くろざや》の大きな刀が見えた。

お杉は軽やかに下駄を鳴らし、侍へ近付いていった。

「これはこれは斎《いつき》さま、ご無沙汰《ぶさた》いたしておりやした。本日はいい陽気になりやしてようござんした」

と、愛想笑《あいそわら》いとちょっと気取ったしなを作り、腰を折った。

「ふむ。いい陽気だ……その子か」

小僧へ向けた侍の笑顔が穏《おだ》やかだった。

「さようで。乱之介さん、おまえさんは斎さまの隣へ座らせておもらい」

小僧は背中を押され、侍の隣へ腰かけた。そして不思議そうに侍を見あげた。

侍は頬《ほお》がこけて日に焼けていた。若くはなくどちらかと言えば老いた侍だった。

綺麗に結《ゆ》った髷《まげ》に白い物が混じっていた。

少しさがった目尻が、侍の目付きを優しくしていた。

「小僧、名はらんのすけと申すのか」

小僧はどう応えていいかわからず、目をぱちくりさせた。

「字はどう書く」

首を細かく横に振った。

「字はまだ書けぬのか。そうか、ならば手習いをせねばならぬな。年はいくつだ」

また首を振った。

「年はこの春六歳。乱之介のらんは乱れるの乱……」

と、お杉が代わりに言った。

「さるご家中《かちゅう》にご奉公なさっているお侍さまのお子なんですよ。こういう事情ですから、どこのご家中かは申せませんけれど」

侍は小僧へ向けた笑みを絶やさなかった。お杉を見かえり、

「お杉、この子の怯えた目はこの幼さですでに辛《つら》い目に遇ってきたからだ。だが面構えはいい。利発な顔をしておる。侍の子かどうかはわからぬがな」

「あらまあ、本当のことでございますよ。金輪際《こんりんざい》、嘘《うそ》は申しておりませんから」

「ははは……よいわ。で、いくらだ」

お杉はおもむろに片方の掌を広げて見せた。

「五両か。よかろう」

侍は財布から五両を取り出し、白紙《しらかみ》に包んだ。

「それから斎さま。乱之介さんは女郎が産んだとは言えお武家の血筋を引いた子ですから、ここまでお育てするのに難しいことがあれこれございやした。女郎も母としての情に泣き、相手のお武家さまも体面がございやすので、断腸の思いでわたしどもに託されたのでございやす。そこを汲《く》んで、今少し色を付けていただけやせんか」

「お杉、人の売り買いはご法度ぞ。おまえの言う人助けは詭弁《きべん》だが、おまえの稼業によって命を長らえる子供がいることも事実だ。その事実ゆえにこちらも深くは詮索《せんさく》せぬし、咎めもせぬ。この子に親がいないのであれば、侍の子であろうとなかろうと、わたしが育てよう。欲を申さず、黙って受け取れ」

侍はそう言って白紙を差し出し、お杉をじっと見つめた。

お杉は侍の目に射すくめられ、へへえっ、と押しいただいた。

それからしばらくたって、小僧は侍の後ろについて大川に架かる新大橋を深川元町から日本橋の濱町《はまちょう》へと渡っていた。

青い天空の下をゆく侍の背中を見つめながら歩いていると、小僧には川面から吹き寄せる風が青く見えた。

侍がゆるやかな反《そ》り橋の半ばにきて、小僧へ振り向いた。

「疲れたか」

小僧は首を横に振った。

「手を取れ。歩きながら話そう」

侍が大きな手を小僧に差し出した。

人と手をつなぐのは、優しい顔をした男に手を引かれ、どこかも知らぬ納屋を出たとき以来だった。小僧は恐る恐る手を差し出した。侍の手は大きくやわらかくて、温かだった。少しも恐ろしくはなかった。

「わたしの名前は、斎権兵衛《ごんべえ》と言う。小人目付《こびとめつけ》という役目に就いておる。どういう役目かはそのうちに教えてやる。おまえは今日からわたしを父上と呼ぶのだ」

ちちうえ……不思議な響きだった。

「乱之介という名前はお杉が付けたのか」

「うん」

「本当の名前はなんと言う」

「知らない」

「己の本当の名も知らんのか。なら、年もわからぬのだな」

「うん」

「では名は乱之介、年は六歳でよかろう。乱之介、わたしが呼んだときは、はい、と応えるのだ。それからわたしの訊ねたことが正しいと思えば、はい、正しくないと思えば、いいえだ。わかるな」

「うん」

侍はのどかに笑った。

小僧は、大川を越える橋を渡るのは初めてだった。

川向こうの空の果てには、「でかいだろう」と代助が自慢げに言っていた江戸城の城壁と杜《もり》が、眺められた。

大川を越えてあの大きなお城に近付くのはとても恐ろしいことだった。

「おれたちみたいな餓鬼は、大川より向こうへいっちゃあならねえんだ」

代助が小僧に言った。

そのいっちゃあならない大川の向こうへ、小僧は今いこうとしていた。橋は人が一杯いき交って、橋板が賑やかに鳴っていた。

今日からこの侍の家で暮らすのだろうか、と考えた。

そう考えると、小さな胸が音をたてた。

「おじさん、おれは何をするんだ」

小僧は侍を見あげた。

「おじさんではなく父上だ。水汲《みずく》み、薪割《まきわ》り、掃除、洗濯、飯炊き、それに、字を習い本を読み、生きるための世の中の知恵を身に付ける。そういうことをする」

「生きるための？」

真《ま》っ直《す》ぐ前を見つめている侍が頷《うなず》いた。

「人の巾着狙ったり食い物盗んだり、物乞いとかは、もうしなくていいのか」

「しない。そういうことはしてはならないのだ」

「してはならない？　巾着狙ったり食い物盗んだり物乞いは、してはならないのか」

「そうだ」

「そしたら、巾着狙ったり食い物盗んだり物乞いをしないで、代助と羊太はどうやって飯を食えばいいんだ。腹が減ったら、どうすればいいんだ」

侍は小僧を見おろし、微笑《ほほえ》んだ。

「代助と羊太は、乱之介の仲間か」

「うん。羊太はおれよりちびだ。けど、食い物をわけてくれる。おれもわけてやる」

「その食い物は、盗んだ物なのか」

「うん」

「どうすればいいか、知恵を身に付ければ今にわかる、乱之介」

そのとき小僧は後ろを振りかえった。

すると、大橋の東詰の袂《たもと》に代助と羊太がじっと佇《たたず》んで、小僧を見ていた。羊太は手の甲で顔を拭っていた。

小僧は代助と羊太に手を振った。

悲しくなって涙が出た。

小僧の泣き顔に気が付いた侍は微笑み、小僧の手を強く握り締めた。そして、

「今にわかる……」

と、繰りかえした。

一之章　弁天屋主人

一

船頭のかけ声が港に響き渡ると、それを合図に舷側《げんそく》の棹走《さおばし》りに陣取った褌《ふんどし》と半纏《はんてん》脚半《きゃはん》の水夫《かこ》らが、威勢よく岸壁を棹で押した。

櫓《やぐら》付き五大力船《ごだいりきせん》は、水を切る雄舵《おかじ》を軋《きし》ませながら、安房上総《あわかずさ》の物資と人を積んだぼってりとした船体を、木更津《きさらづ》の発着場からゆるやかに離した。

水夫を指図《さしず》する船頭の声が続く中、船は南片町と北片町の木更津船や漁師船が舫《もや》っている港内を滑って、群青《ぐんじょう》に染まる木更津の海へのたりのたりと水押《みよし》を向けた。

旅籠《はたご》や商家が並ぶ海岸通りでは、船を見送る女らが手を振っている。

子供たちが船を追いかけて走り、人足や馬子《まご》らが港に荷物を運んできた荷車や荷馬に新しく荷物を積みこんだり、岸壁から散っていくさまが見えていた。

天保《てんぽう》九年（一八三八）、夏の初めの朝だった。

冷たい海風が立ち、沖に白波が戯《たわむ》れていたが、たなびく雲の間からやわらかな金色の朝の光がはるばると広がる海面に降りそそいでいた。

沖に出たころ再び船頭の合図が飛び、帆柱《ほばしら》の先端の蟬《せみ》と呼ばれる滑車がからからと鳴って、水夫たちは大きな白い帆を張った。

帆が海風を丸々とはらむと、帆柱は歯を食い縛り、五大力船は勢いよく船足を速め、波を蹴立《けた》てるのが、櫓の船客にも伝わった。

花のお江戸と木更津せんは、今が世盛りはな盛り、

音に響いた木更津がしは、左右江戸橋、日本橋……

水夫らの調子をとる舟歌が、江戸へ海路十数里、船客の旅情をかき立てた。

櫓の側壁は丈夫な格子窓《こうしまど》になっていて、片方に三浦半島の稜線《りょうせん》が海原《うなばら》の彼方《かなた》にかすかに望まれ、東の窓からは房総往還《ぼうそうおうかん》の継ぎ立て宿場、木更津千軒の家並が、いつの間にか陸地に小さく固まって見えた。

舟運《しゅううん》を利用する船客は、江戸と房総の地を海路往来する商人《あきんど》、行商、上総の城米《じょうまい》を扱う米問屋の手代《てだい》らが多かった。

肩を寄せ合う六、七人の商人や行商らはみな顔見知りらしく、近ごろの商《あきな》いの具合や、数年来の天候異変による奥州《おうしゅう》や関八州《かんはっしゅう》での米の不作などについて語り合っていた。

天保四年、そして一昨年の七年、去年の八年と天明《てんめい》以来の大飢饉《だいききん》に見舞われ、江戸市中だけでも三十数万人の住人が飢えに苦しみ、餓死者まで出た。また多くの百姓らが高利貸しに農地を取られて水呑《みずの》み百姓に落ちぶれる者が後を絶たないという話にも商人らは触れていた。

その櫓の荷物を重ねた隅の一角に、商人や行商客にまじって若い男たちの四人連れがゆれる船に身を任せていた。

四人は寡黙に、饅頭笠《まんじゅうがさ》や菅笠《すげがさ》、竹笠などを膝《ひざ》におき、櫓の格子窓越しに海原へうっとりとした眼差《まなざ》しを投げていた。

男らは月代《さかやき》を剃《そ》ったばかりの剃り跡が青々としていて、長い旅暮らしを物語る日に焼けた浅黒い顔と不釣合いだった。

商人には見えなかった。と言って無宿渡世《むしゅくとせい》の旅烏《たびがらす》なら腰に何も差していないのは似合わないし、第一、江戸は無宿者の詮議《せんぎ》が厳しい。

行商が顔見知りの船客に煎餅《せんべい》を振る舞い、隅のその四人連れへも振り向いて「お兄さん方も、おひとつ」と差し出した。

男のひとりが行商に顔をほころばせた。

「ありがとうごぜいやす」

応《こた》えた若い声が、意外にも瑞々《みずみず》しい明るみを櫓の中に漂わせた。

背筋の伸びた身体《からだ》は痩《や》せていたが、頬《ほお》がこけ物憂《ものう》げにも見える風貌《ふうぼう》にふっと浮かべた笑顔は、どこかしら童子を思わせる可愛《かわい》らしい面影を留めていた。

櫓の格子窓からは、ざざ、ざざ、と波の音が絶えず聞こえている。

「お兄さん方、お若いですな。お国はどちらで」

行商は男の若やいだ風貌に誘われ、打ち解けて訊《たず》ねた。

「安房勝山から三里ばかり奥へ入《へ》えりやした平塚宿の在《ざい》でごぜいやす。わしらは同じ村の者でごぜいやす。みな家は百姓で……」

「ああ、みなさん、幼馴染《おさなじ》みですか。お家はお百姓さんで。それはそれは。お百姓さんがお米作りに励んでいただきますお陰で、わたしどももつつがなく渡世ができております。お百姓さんがおられてこそのご政道ですからね。それにしてもこちらのお兄さんは大きな方でいらっしゃいますな」

と、行商は櫓の隅に肩をすぼめて、座っていても大男とわかるごつい身体付きの男に笑いかけた。

大男は見られるのが恥ずかしそうに、照れ笑いを浮かべて顔を伏せていた。

行商は大男の仕種《しぐさ》にいっそう目をゆるめた。そして、

「こちらのお兄さんは、役者が似合いそうな」

と、隣にいる日に焼けた幾ぶん反っ歯《そっぱ》の男と、さらにこれは少し瓜実顔《うりざねがお》に黒目がちな丸い目を細めて行商に愛想笑《あいそわら》いを向けているやはり小柄な男を、順に見廻《みまわ》した。

「幼馴染みのみなさんで、江戸へ?」

「わしらはみな二男三男ばかりで、田分けできるほどの土地もない貧乏な小百姓でごぜいやす。今のまま家に残って百姓続けるより、一度江戸へ出てどこぞに奉公先を見付けて働いてみるのも先が開けるかもしれねえと、前から考えておりやした」

あどけなさの残った風貌の男が、行商に応えた。

「それでものは試しに半季ばかり江戸で働いて、いい奉公先が見付かれば、そのまま江戸に残ってもええかな、などとみなで思案し、家の者を説得し江戸いきを決めやした」

「江戸で奉公先を……もう奉公先は決まっておるのですか」

「まずは江戸へ出て、それから探しやす。奉公先を見付けてからと思っていたら、ずるずるとこれまでのままになっちまいそうで」

「確かにさようです。まず先に動く。若いうちはそういうものかもしれません。すると江戸でのお宿はやはり馬喰町《ばくろちょう》ですか」

日本橋馬喰町には、在から出府する百姓らが滞在するための百姓宿があった。

「いえ。深川の洲崎《すざき》というところに縁者がおり、その縁者に江戸での宿の世話になる手はずになっておりやす。それもあって、わしらの出稼ぎを家の者が許してくれたという都合もごぜいやす」

「ほう、洲崎に縁者の方が。洲崎は江戸でも評判の景色のいいところです」

洲崎は江戸の場末《ばすえ》である。洲崎弁天があり、境内《けいだい》は海岸に差し出て、東は房総の遠山《とおやま》、南は羽田《はねだ》鈴ヶ森《すずがもり》、西北に江戸城の杜《もり》が眺められ、天気がよければ北には筑波山《つくばさん》の青いいただきも望める佳景の地である。

「一度、家の者らを連れて遊びにいったことがあります。あ、いや、景色と料理を楽しむためにですよ」

門前には腰掛茶屋や料理茶屋が軒を列《つら》ねているが、むろん遊里でもある。

言いながら行商は、ふと、この若い衆らは仕種がどことなく世馴《よな》れているような、という思いに捉《とら》えられた。

殊《こと》に、童子の面影を留《とど》めた男の風貌が垢抜《あかぬ》けても見えた。

在郷の百姓と言いながら、案外宿場の遊び人仲間で食い詰めて江戸へ出る、そういう輩《やから》かも知れない。第一、家が百姓ならこれからが農繁期なのではないのかな、と訝《いぶか》しむ。

「さあ、どうぞ、召しあがってください」

行商は大男に煎餅を勧め、愛想笑いを残すと商人らの方へ向き直った。

商人らは、諸国で今なお頻発《ひんぱつ》している打毀《うちこわ》しや百姓一揆《しゃくしょういっき》の話題に触れていた。

「そうそう。特に北の方からは毎年、必ずどこか大店《おおだな》が打毀しにあったの百姓一揆が起こったのと、聞こえてきますね」

行商は商人らの話題の中に加わって言った。

「去年、米沢《よねざわ》で打毀しがあって、読売《よみうり》がずいぶん書き立てましたな」

「わたしも読みました。米沢と言えば上杉さま十五万石の大家。政《まつりごと》に抜かりのないあの上杉さまでさえ打毀しかと、この先、諸国のどこで何が起こってもおかしくない、そんな世相を呈してきましたな」

「天明の打毀しは、去年一昨年の打毀しより凄《すさ》まじかったのですか」

「らしいですよ。わたしがまだ生まれていない五十数年前の天明三年（一七八三）のことで、お父《と》っつあんから聞いた話では、その年は殊に陸奥《むつ》と出羽《でわ》にやませ（北東風）が吹き荒れて凶作になり、青森、弘前《ひろさき》、盛岡、仙台町に相次いで打毀しが起こったのが始まりだったそうです。さらにその年の七月に浅間山《あさまやま》の例の大噴火で八州も凶作に見舞われたんです。足利《あしかが》、栃木、佐野町から始まって八州各地で打毀しが次々に起こったと言いますね」

「だいたい米作りは、八州でさえ寒い年は難しくなるのに、出羽や陸奥は例年通りでも夏が短いのですからね。そんな土地で無理やり米作りをやって、ひと度《たび》、寒い夏に襲われたらたちまち米不足から飢饉《ききん》になってしまうのは当然ですよ」

「西国《さいごく》だって、蝗《いなご》の大群に稲を食い荒らされ凶作に見舞われた例もありますしね」

「しかしご公儀もお大名も、領地で穫《と》れたお米でお家のお台所を支えているのですから、米作りは国の基《もとい》です。出羽や陸奥でも盛んに米作りを奨励《しょうれい》しておるようですがね大名は手立てがないのです」

「今年も米の作柄がどうなるかわかりません。去年は大坂で大塩平八郎《おおしおへいはちろう》という町方与力が起こした騒動がありましたし、読売が囃《はや》し立てるわけだ」

「はいはい、ありましたね。けど読売の輩は、評判になって売れさえすればどうだって書き立てますから。飢饉がまた起こって第二第三の大塩が出てくるぞ、と庶民の不安をいたずらに煽《あお》っているのですよ」

「愚かな貧乏人どもは読売に思う通りに煽られますので、始末が悪いですな。鼠小僧《ねずみこぞう》のときも義賊だなどと、埒《らち》もない噂《うわさ》をまき散らして」

まったく……とみなが頷《うなず》き合った。

六年前に、十数年に亘《わた》って武家屋敷の奥座敷を狙い評判になった盗《ぬす》っ人《と》の鼠小僧が捕えられ、刑死した一件は大評判になった。

「ただ読売は、米問屋さんや仲買さんが諸国の米不足に便乗して、お米を買占め、流通を押さえ、お米の値段を操《あやつ》っているとも書いていますね。いい加減なばかりとも違うような気もするのですが」

と、それはさっきの行商が言った。

「おや、三崎屋《みさきや》さんは読売の瓦版《かわらばん》を真《ま》に受けているんですか」

笑い声が巻き起こった。

「そうじゃありません。ですが、どなたかが仰《おっしゃ》っていたここ数年来の天候異変で関八州も不作が続いてひどい飢饉に見舞われたうえに、米問屋さんにお米の買占めや流通を操ってさらに値段をあげられたら庶民は困りますからね。わたしら旅から旅の行商も、物の値段があがって商いがだんだん難しくなっています」

行商の言い分に、頷く者もいれば鼻先で笑う者もいた。

四十年配の商人が煙草《たばこ》入れを出し、鉈豆煙管《なたまめギセル》に刻みをつめ煙草盆の火をつけた。それに合わせて、みな次々と煙草入れと煙管を取り出し始めた。

くゆらした煙が格子の窓から流れ入る海風になびき、消えていった。

潮風に乗って船は軽快に走り、窓から見える海原が後ろへ後ろへと去っていた。

「打毀しも飢饉も恐《こわ》いですが、盗っ人強盗の類《たぐい》も増えていますね。八州では逃散《ちょうさん》した百姓らが無宿渡世に身を落とし、中には盗っ人強盗の仲間を作って、八州を荒し廻《まわ》っているというじゃありませんか。今に、そういう八州の強盗団らが江戸にもひと稼ぎしにくると、それも読売がずいぶんと言い立てていますよ」

「そんな強盗団が野放しじゃあ、枕を高くして眠れませんね。物騒な世の中になったもんです」

何人かの商人らが頷き合った。すると、

「みなさん、ご心配には及びません。江戸にはこの四月にお目付役に就かれた剃刀耀《かみそりよう》蔵《ぞう》こと鳥居《とりい》耀蔵さまがいらっしゃいます……」

と、蓬莱屋《ほうらいや》さんと言われていた男が言った。

男は江戸の米仲買商《なかがいしょう》蓬莱屋に長年奉公している四十半ばの番頭だった。

目付鳥居耀蔵の名が出て、ほかの商人や行商は顔を見合わせ、なるほど鳥居さまですか、と頷き合った。

「鳥居さまは、次期御老中の首座に就かれることが間違いなしと言われている水野忠《みずのただ》邦《くに》さまの懐刀《ふところがたな》でいらっしゃいますし」

と、隣の手代が番頭の言葉に言い添えた。

「鳥居さまはご公儀始まって以来の秀才の誉《ほま》れ高いお方です。田舎《いなか》大名の家老や目付とはできが違うのです。打毀しだろうが大塩たちの騒動だろうが盗っ人強盗だろうが、鳥居さま水野さまのお二方《ふたかた》がいれば、必ずや江戸をお守りいただけるでしょう」

「八州の田舎で稼いでいる逃散《ちょうさん》百姓づれの盗っ人ごときが、ご公儀のお膝元《ひざもと》を荒し廻るつもりになったとしたら、愚かにも袋の鼠《ねずみ》同然です」

「ですよね。あの鳥居さまや水野さまと、まともに太刀《たちう》打ちできるはずがありませんよね」

と、別の商人が同調した。

行商も蓬莱屋の番頭が言うことに異存はなかった。

新進の目付鳥居耀蔵の、切れ者の噂は聞こえていた。

けれども行商は、鳥居耀蔵の別の評判も耳にしていた。

漢学の総元締めである林家から旗本鳥居家に養子に入り若くして中奥番に就いた鳥居耀蔵は、林家出身を鼻にかけ、朱子学《しゅしがく》以外の漢学や洋学を忌み嫌い、権謀術数《けんぼうじゅっすう》にたけ、性酷薄《こくはく》、《蝮《まむし》》《妖怪《ようかい》》とも綽名《あだな》されているという噂だった。

さらに幕閣中枢に知己《ちき》が多い立場を利用し、江戸の米問屋や仲買と結んで米の買占め売り控えの取り締まりに手心を加えるよう幕閣に働きかけ、南北両町奉行の筒井《つつい》和泉守《いずみのかみ》や大草能登守《おおくさのとのかみ》も鳥居耀蔵の政治力を恐れ表立っては何も言えない、とそんな裏の噂も流れていた。

行商は、確かにあの鳥居さまにかかれば江戸の治安は万全かもしれない、となぜか逆に背筋が寒くなった。

とそのとき、船縁《ふなべり》を叩《たた》く波の音が行商の物覚えを遮《さえぎ》った。

同時に行商は、なんとなく背中に重みを覚え、後ろの若衆らへ振りかえった。

すると、若い四人が鳥居耀蔵の話に興味を覚えているらしく、行商らの方へ好奇の目を向けていたのだった。物憂げな顔の男が、振りかえった行商へかじりかけの煎餅をかざし、また童子を思わせる笑みを寄越した。

行商は思わず、小さく相好《そうごう》をくずした。

日本橋大通り沿いの室町《むろまち》三丁目から東へ折れると、伊勢町《いせちょう》と瀬戸物町《せとものちょう》の両堤に挟まれた堀留《ほりどめ》へいたる小路がある。

界隈《かいわい》の住人はその小路を、浮世小路《うきよこうじ》と呼び慣わしている。

数日がすぎた夜、浮世小路の半ばにある料亭大津屋の、菖蒲《しょうぶ》や芍薬《しゃくやく》がほの甘く香る中庭に設《しつら》えた離れ座敷では、河岸八町米仲買《かしはっちょうこめなかがい》の元締めと行事役のごく内々の寄合《よりあい》が開かれていた。

河岸八町米仲買とは、本船町《ほんふねちょう》御長屋、表河岸、七軒町、伊勢町の上下二町、小網《こあみ》町《ちょう》一丁目、小舟町《こぶなちょう》、堀江町《ほりえちょう》の八町で米の仲買を引き受ける仲間（組合）であった。

仲間は、西国《さいごく》五十七箇国の下り米、関東米、奥州米を問わず江戸の主な米問屋からの米の仲買を一手に扱い、小売の米屋に米を卸し、庶民への小売をも手がけていて、江戸の米相場はこの仲買によって立てられていると言っても過言ではなかった。

河岸八町米仲買が少し手心を加えれば、米の値段は上がりもするし下がりもする。

つまり江戸庶民の胃袋は、この米仲買仲間が握っていた。

元締めが堀江町の蓬莱屋主人岸右衛門《きしえもん》、行事役に伊勢町の白石屋《しらいしや》主人六三郎《ろくさぶろう》、同じく行事役に本船町の山福屋《やまふくや》主人太兵衛《たへえ》が勤め、三人は二十年以上に亘って仲買仲間を仕切り差配していた。

その夜の寄合では、蓬萊屋に白石屋と山福屋が上座《かみざ》の両側で向かい合ったほかに今ひとり、豪奢《ごうしゃ》な金屏風《きんびょうぶ》を背にした上座に仲買商の寄合には場違いな拵《こしら》えの侍が悠々と着座していた。

侍は色浅黒くでっぷりと肉付きのいい体軀《たいく》で、二重顎《あご》に不機嫌《ふきげん》そうに尖《とが》った部厚い唇、丸い大きな鼻、ぎょろりと人を睨《にら》み付ける切れ長の目に肉厚な瞼《まぶた》、そして広い額《ひたい》が座敷中の六つの行灯《あんどん》の明かりを、すべて集めてらてらと照りかえしていた。

通常、侍ならば座布団は使わぬのが嗜《たしな》みだが、町人どもの席ということもあってか、侍は脇息《きょうそく》に凭れ、緞子《どんす》の鏡座布団へ幾分膝を崩し気味に着座していた。

仙台平の細縞袴《ほそじまばかま》に白地の小袖《こそで》、黒羽二重《くろはぶたえ》の羽織には旗本の家紋が縫い付けてある。

寄合は月に一度、仲間の相談役をお願いしている新しく目付役に就いたその侍を囲んで、江戸市中に流通している米相場の現況報告と、仲間内の日々の談合であがった要望などを、嘆願する定例の場でもあった。

目付役でありながら侍は、米流通はご政道の根幹にかかわるという考えに基づき、江戸市中の米相場の変動に造詣《ぞうけい》が深かった。

侍の血筋と米相場への関心の高さが、河岸八町米仲買との間を結び付けた。

むろん、わざわざご足労願うのであるから、高級料亭の酒肴《しゅこう》や柳橋《やなぎばし》から猪牙《ちょき》で呼び寄せるきらびやかな芸者らのもてなしだけで終わるわけはなかった。

手土産《てみやげ》のほかに、相談役として月々の役料が用意されていることは言うまでもない。

元締めの蓬萊屋は仲間を代表して菓子箱を侍の前へ差し出し、礼を述べる。

「この度のお目付役ご就職、まことにおめでとうございます。鳥居さまのご配慮のお陰を持ちまして、今月も滞りなく商いに励むことができました。ありがたいことと、河岸八町米仲買仲間を代表いたし、心よりお礼を申しあげます」

蓬萊屋が頭を畳に付くほど平身するのに倣《なら》って後の二人が、へへえ、と頭《こうべ》を垂れる。

すると鳥居と呼ばれたその侍は、

「杓子定規《しゃくしじょうぎ》な決まりに捉われておっては、ご政道に有能な人材が集まらなくなる。有能な人材が集まらなくなればご政道は歪《ゆが》み、遠からず破綻《はたん》する。そうなれば苦しむのは庶民なのだ。目付としてご政道を誤らぬように尽力せねばと考えると、わが重責に身の引き締まる思いがする」

と言って、山吹色の役料を仕舞った重い菓子箱を受け取るのだった。

離れには、主屋《おもや》の方で芸者が鳴らす三味線の音《ね》や宴《うたげ》のざわめきは、ほのかにしか伝わってこなかった。

夜の帳《とばり》がおりて、庭にはただ芍薬《しゃくやく》などの花の香が静かに漂っていた。

「ところで今夜は、鳥居さまのお耳にお入れいたしたいことが少々ございます」

と、蓬萊屋が垂れた頭をおもむろに持ちあげ、漆塗りの提子《ひさげ》を差した。

「ふむ、なんだ」

「さほど騒ぎ立てるほどのことではございませんが、以前、鳥居さまにご報告いたしました、わたしども仲買商が行なっております、わずかばかりの米の買付けについてでございます」

「あれか。問屋と競合せぬようほどほどであれば、よいのではないか。江戸に流入する米が少しでも増えることは、一昨年去年の飢饉騒動を考えれば、庶民の益にもかなうことだ」

「まことに、わたしどもといたしましても、お客さまのご利益を考えればこそなのでございますが、先《せん》だって、関東米穀三組問屋《かんとうべいこくみくみどいや》の八幡屋京左衛門《はちまんやきょうざえもん》さんが苦情を申し入れてまいられました。わたしどもの米の買付けが関東の取引き相場を乱している、とおっしゃられるのでございます」

「関東の取引き相場を？　そうなのか」

侍は盃《さかずき》を舐《な》めつつ、鋭い眼光で蓬萊屋を睨んだ。

「とんでもございません。確かにわたしどもの買付け参入によって競合相手が増え、相場の上がり下がりが多少はあるかもしれませんが、決して買付けの相場を不当に乱していることはございません。八幡屋さんはどうも、わたしども仲買が米の買付けをすること自体に不承知のご様子なのでございます」

関東米穀三組問屋は、関東八箇国と鉄砲洲《てっぽうず》へ回漕《かいそう》されてくる奥州米を扱い、すべて仲買を通して江戸市中に流通させる米問屋仲間である。

白石屋と山福屋が沈黙し、侍の様子に目を離さなかった。

「競合をせぬようと申しても、商いに競い合いがまったくないのはよろしくない」

侍は言った。

「少数の問屋の極端な寡占《かせん》状態を放置しておけば、それが独占を生じ、かえって米の値段を不当に釣り上げ暴利を貪《むさぼ》り、ひいては庶民を苦しめる事態を招く恐れがある。ご政道にそんなことが許されていいわけはない。八幡屋の京左衛門か。町奉行に伝えて調べさせよう」

「ははあ。さすが、商いの根本、ご政道と商いのかかわりをご承知のお目付さま。ありがたいことでございます。わたしども弱い立場の仲買は問屋さんの指図に従うしか手立てがなく、困惑いたしておりました。何とぞよろしくお願いいたします」

小さな談笑が起こり、箸《はし》が碗《わん》や皿に触れたり、酌を交わす音が立った。

しかし蓬萊屋は侍の盃に酌を重ね、

「それででございますね、今ひとつお耳に入れたきことが……」

と、少し言い辛《づら》そうに切り出した。

侍は関東濃口《こいくち》醬油《しょうゆ》にたっぷり浸した鯛《たい》の刺身をくちゃくちゃと音を立てて咀嚼《そしゃく》し、奥歯をしいっと鳴らして、勢いよく盃を呷《あお》った。

「なんだ」

と言った二重顎の下の喉《のど》が震えた。

「はい。わたしども仲買が蔵に抱えております備蓄米についてでございます」

「蔵に抱える備蓄米？　それがどうした」

「八幡屋さんが申されますには、わたしども仲買が問屋さんより仕入れた米を流通へ乗せず蔵に眠らせ、故意に江戸の米を値上がりさせている、というのでございます。つまり、わたしどもが売り控えをして相場を操っていると」

侍は黙した。

「米はご政道の基《もとい》。庶民が困るそのような売り控えなど、わたしどもが謀《はか》るわけがございません。ただ……」

と、蓬萊屋は侍の盃へ提子《ひさげ》の酒を繰りかえしそそぐ。

「仲買も商いでございます。江戸市中に流れるお米が滞《とどこお》ることなく、人々が町内のお米屋さんでいつでもお米を買えるように在庫を確保しておくのは、わたしども流通のお役目を担わさせていただいておりますす仲買の大事なお務めと、心得ておるのでございます。ましてや天保四年以来の大飢饉がまた江戸を襲わぬとも限りません。わたしどもはあのような大惨事が二度とあってはならぬ用心のために備蓄米を……」

侍はまた、しいっと奥歯を鳴らしてからぼそりと訊《き》いた。

「八幡屋京左衛門とは、どんな男だ」

「年のころは五十前後。小網町の本店と鉄砲洲の別店を倅《せがれ》らに譲り、おのれは三年前、鉄砲洲に設けた別の店を仕切っております」

それに――と、蓬萊屋はゆっくり首を上下に動かした。

「寺坂正軒《てらさかしょうけん》なる儒学者《じゅがくしゃ》に師事いたし陽明学《ようめいがく》とかいう漢学を修めており、わたしどもの米の買付けや備蓄米に難癖を付けてまいったのは、その寺坂正軒なる者の入れ知恵かと思われます」

侍の盃を持ちあげた手が止まった。

「陽明学とは、人には本来誰《だれ》でも良知なるものが備わっており、おのれの良知に従って行動するとき、そこに人としての倫理が生まれる。良知は実践してこそ真の知に合《ごう》一《いっ》する、などと八幡屋さんは埒もない学問をひけらかしております。なんでも去年大坂で騒ぎを起こしました大塩平八郎という悪党も、この陽明学にかぶれておったそうでございます」

盃を持つ肉付きのいい毛深い手が震え、酒が仙台平に続けてこぼれた。

眉間《みけん》に醜い皺《しわ》を寄せ、憎々しげに侍が蓬萊屋を睨んだ。

蓬萊屋は、自分の言ったことに粗相があったのかと戸惑い、

「あ？　な、なんぞご無礼を申しましたでしょうか」

と、畳に手を突いた。

「陽明学の講釈など受けずとも知っておるわ」

公儀公認の官学は朱子学である。侍の生家林家は朱子学の総元締めであり、朱子学と陽明学は、同じ儒学ではあってもまったく相容《あいい》れない学派だった。

侍の洋学嫌いは、目付就職前の中奥番役に就いていたときから知られていた。しかし洋学のみならず、陽明学へも激しい憎悪《ぞうお》をたぎらせていた。

「寺坂正軒なる男が、八幡屋京左衛門を操っておるのだな」

「貧乏浪人の分際で八幡屋さんから、先生とおだてられ子供じみた正義を振りかざす儒学者でございます。八幡屋さんとなら商人同士、話になりますが寺坂が妙に口出しして商いの話ができず、ほとほと困らされております」

侍は、口元から酒をこぼしながら盃を呷り、腹立たしげに盃を膳《ぜん》へ叩き付けた。皿に盛っていた料理がこぼれた。かまわず部厚い唇を歪め、

「不届きな。寺坂正軒なる腐れ、思い知らせてやる」

と、怒りのこもった無気味な声を震わせた。

へへえ——蓬莱屋と白石屋、山福屋は平身し、侍の形相《ぎょうそう》に恐れをなし顔をあげることもできなかった。

離れ座敷がしんとなった。主屋からかすかに、三味線と太鼓に合わせた芸者衆のお囃子《はやし》が聞こえた。

二

深川洲崎弁天の弁天前町は、訪れる参詣客《さんけいきゃく》で賑《にぎ》わっていた。

赤い襷《たすき》に明るい橙色《だいだいいろ》の前垂《まえだ》れをかけた腰掛茶屋の女が、「おいでなさいませ」「お

席がございます。お休みなさいませ」と、参詣客を呼んでいた。

深川洲崎は、南側の海に沿って洲崎弁天へ延びる弁天前町に腰掛茶屋や水茶屋、料理屋、酒も呑《の》ませる蕎麦屋《そばや》、土産物屋の軒が並び、洲崎弁天の参詣のみならず、風光《ふうこう》明媚《めいび》な景色を眺めつつ料理や酒を楽しみにくる庶民の行楽地であった。

三月には汐干狩《しおひが》りを遊ぶ客が洲崎の海辺に押し寄せるし、そうでなくとも洲崎弁天の参詣を口実に人目を忍んで隠れ里の女を相手に遊ぶこともできた。

夏の気配が濃くなり始めた、昼の陽光が降りそそいでいる弁天前町――

周辺は汐の匂《にお》いと蘆荻《ろてき》が海風になぶられそよぐ町地《ちょうち》のはずれ。洲崎弁天の東側裏手に隣り合わせた入り堀の堤道に構える船宿《弁天》に、朝から木場町《きばちょう》の大工らが入っていた。

鉄鎚《かなづち》が釘《くぎ》を打ち、鉋《かんな》が板を削り、鋸《のこぎり》を引く音が続き、材木を運ぶ大工らの声も賑やかに、古びた船宿を小綺麗《こぎれい》な二階家へ改装にかかっていた。

弁天から道幅ひとつ離れた入り堀端に、大工仕事の邪魔《じゃま》にならないように置いた弁天の看板行灯の傍《かたわ》らで、こげ茶の小袖に夏らしい単衣《ひとえ》の羽織を羽織った弁天の新しい主《あるじ》が、大工らの仕事の進み具合を眺めていた。

男は、船宿の新しい亭主らしい身形《みなり》の割には二十七、八歳の若さに見えた。

頰《ほお》がこけ、少し笑っているように歪めた唇とやや鷲鼻《わしばな》の筋の上に光る大きな目が物憂げな陰りを作りながら、小僧が背が伸びて無理やり大人振って意気がっているふうにも見える風貌だった。

童顔ではあるけれど、両脇《りょうわき》へ垂らした長い腕と広い肩幅に五尺八、九寸はありそうな瘦軀《そうく》の背筋を伸ばした姿が、若い瑞々《みずみず》しさを周囲に振りまいていた。

男は先月、房州平塚の在の幼馴染みらとともに木更津から江戸へ向かう五大力船の客となり、同船した行商に、自分らは江戸へ奉公先を求めて出かける百姓だと、もらった煎餅をかじりつつ話したあの四人のうちのひとりだった。

あのとき男は、江戸の宿は深川洲崎の縁者の世話になる手筈《てはず》、と語っていた。

今ごろは縁者の世話になりどこかのお屋敷に奉公勤めしているはずが、なぜ船宿弁天の亭主のような拵えで堤端にたっているのか、まるで本人でさえその事情を知らなげに、男は入り堀端の風景に溶けこんでいた。

堀端から雁木《がんぎ》をおりた入り堀の黒ずんだ板桟橋の杭《くい》に、きりぎりすと猪牙の二艘《そう》が繫留《けいりゅう》してある。

店表の堤道を東へいけば、木々に囲まれた大名諸侯の下屋敷が海辺沿いに森閑《しんかん》と続くのみで、弁天前町の参道をすぎたあたりは昼間でも人通りが少ない。

洲崎弁天の東隣にありながら参詣客に気付かれないこともあって、料理も食わせるし酒も呑めたが、弁天は船宿を始めた四十年前から大して流行《はや》る店ではなかった。

そこへたまたま、使いへ出た戻りに通りかかった細川さま下屋敷に奉公している黒看板の中間《ちゅうげん》が、

「おや、ずいぶん綺麗になったな」

と、堀端の男に声をかけた。

「おかげさまで、どうにか形になってまいりました」

男は通りかかった中間に、腰を折った。

「弁天さんの新しいご亭主かい。若いね」

「はい。若輩者《じゃくはいもの》でございますが、なにとぞ、ご贔屓《ひいき》にお願いいたします」

「今にも朽ち果てそうだった船宿が、こうやって手を入れると新しい店に見えて気持ちがいいもんだ。その若さで大したもんだ」

「ありがとうございます。親や親類縁者の助力を得てどうにかここまでこぎ付けただけでございまして、わたくしの甲斐性《かいしょう》と言うわけにはまいりません」

「だとしてもよ、若いご亭主がどれだけ頑張るかだな。これからだよ」

「励みます。五月二十八日の両国の川開きより新装の店開きをいたします。これから

は船遊びの似合う季節でございます。なにとぞ、お越しをお待ち申しあげます」

「そうかい。両国川開きからかい。それで弁天さんは女は置くのかい」

中間が声をひそめて訊いた。

「ああ、生憎《あいにく》それは……」

「ふうん、女はいねえか。わかった。それじゃあまたな。繁盛するといいな」

またな、と言っても今どき半季や一季の渡り奉公の中間の給金で船宿の料理人の料理と酒を楽しみ、ましてや船遊びなど、身のほどを越えた遊興である。

女でもいれば、ちょいと無理をしてでものぞいてみたいが、こんな寂しいところで女も置かねえんじゃこの店も長くはねえ、と中間は改装中の店表へ一瞥《いちべつ》を投げただけで、道の彼方に小さくなった。

人通りが途絶えると、亭主は入り堀に架かった江島橋の向こう、木場町の町家や広大な材木置場をぼんやりと眺めた。

そこへ年配の棟梁《とうりょう》が店から出てきて、

「ご主人、今日の仕事はそろそろ切りあげやす。進み具合を見ていただけやすか」

と亭主に、声をかけた。

亭主は「お疲れさまでございます」と、棟梁に従い瓦葺《かわらぶき》の軒庇《のきびさし》をくぐった。

宿の中は古びた埃臭《ほこりくさ》さも消え、新しい木の香りが立ちこめていた。たたきの前土間が板敷の店の間を折れ曲がり、半暖簾《のれん》をかけた仕切りの奥の通り庭と調理場へ通じていた。

店の間には、表の格子戸正面に向いた広い階段がのぼり、二階は幾つかの小部屋に分かれ、どこからでも海や洲崎弁天の境内を見おろせる小綺麗な客座敷になっている。

階段の脇には桐《きり》の長火鉢が置いてあり、昔この船宿が出合い茶屋として使われ、その手のお忍び客で繁盛していたころ、深川洲崎十万坪の景色を楽しむ船遊びの客が、火鉢の周りで一杯やりつつ船の支度ができるのを待っていたものだった。

長火鉢には、大工らが休んで渇きを癒やすことができるように、五徳《ごとく》に架けた鉄瓶《てつびん》に冷たい麦茶が満たしてある。

階段の裏手は、調理場のたたきと炉《ろ》のある板敷、納戸《なんど》、内証《ないしょう》、その奥は狭い廊下を隔て、主人や使用人らの寝起きする四畳半と六畳の部屋が二つ続いていた。

棟梁が四畳半の押し入れの襖《ふすま》を開け、亭主を導いた。

「地下蔵の修繕《しゅうぜん》は終わりやしたので、それも見てくだせえ」

押し入れの床に二尺四方ほどの蓋《ふた》が切り取られていて、蓋をあげると地下蔵へ梯子《はしご》がおりていた。

「暗いですから用心してくだせえ」

棟梁に続いて、亭主は梯子をおりた。

地下蔵は畳二枚ほどの広さになっていて、太い柱が腰をかがめないといけない低い天井を支え、四方は板壁が囲い床は石が敷かれている。

亭主は入口から差す薄明かりを頼りに、手探《てさぐ》りで壁や床の頑丈さを確かめた。

「ここなら火事になっても大事な品を守ってくれやす。高潮で床下に水が流れこんでも、水が入らねえように板壁の目塗りも済ませやした」

棟梁が梯子の下にかがんで言った。

「それほど大事な物もありませんが、前の持主がわざわざ作った地下蔵ですからね。何かに利用できることがあるでしょう」

亭主は大した関心を示さずに応えた。

夏の初めの先月四月、とうに船宿弁天を仕舞い、わずかに溜《た》めた小金で細々と隠居暮らしをしていた老いた主人夫婦の元に吉治郎《きちじろう》と名乗る若い男が現れた。

「わたくし安房は平塚の吉治郎と申す者でございます。決して怪しい者ではございません。なにとぞお見知り置きを」

と、吉治郎は相応以上の金子《きんす》を主人夫婦に差し出し、船宿の仲間株と宿の家屋、古びたきりぎりすと猪牙の二艘をもろともに借り受けたい、と申し入れたのだった。

以前より船宿の株と古い建物や残った船を売るか貸すかして、老いた身には暮らしに不便な洲崎弁天裏の場末からせめて八幡町あたりの町中に住むことを願っていた老夫婦は、渡りに舟と吉治郎に船宿を任せ越していった。

前の主人にともなわれ株仲間の差配《さはい》や町役人《ちょうやくにん》らも、宗門改《しゅうもんあらため》も本物らしいし、身《み》形《なり》もきちんとし菓子折りを携えて挨拶《あいさつ》にきた吉治郎の素性を訝《いぶか》ることはなかった。

殊《こと》に弁天前町の町役人は、

「ああ、そうですか。それなら……」

と、町内の決まりごとなどをざっと話しただけで済ませていた。

洲崎あたりの江戸の場末になると人別帖の詮索《せんさく》などは厳格ではなく、何か事が起こったとき以外は町方《まちかた》が町内に現れることもなかった。

元々江戸の町民は、戸籍とも言うべき本人別を持つ者はある意味では少数の一等町民であって、貧しい裏店《うらだな》の多くの住人は家主《いえぬし》の裁量で拵える仮人別か人別さえなく、町役人と言えどもそれら浮草の住人の人別など、一々問わないのが実情だった。

確かに得体《えたい》の知れない住人は困る。けれども、住む者のいない空家や明き地を放置しておくのは地主や地主から店を預かる家主にはもっと困る事態だった。明き地や空家から火でも出せば、お上から咎《とが》められるのは地主や家主だった。吉治郎のように宗門改を揃《そろ》えている者は、却《かえ》って珍しいくらいである。親類縁者から借り受けたという元手の出どころや、この若いひとり身の男が船宿の営みというのは多少訝しいものの、その程度の訝しさは取るに足らなかった。ともかく、古い家屋に大工を入れて改装し弁天の看板も新しく書き替え、装いも新たに船宿弁天を再開しようとする吉治郎の素性を、町役人らはそれ以上詮索することはなかった。

大工らが引きあげた後、吉治郎は調理場の竈《かまど》に薪《まき》をくべ鉄鍋《てつなべ》に湯を沸かしていた。ほどなく日に焼けて尖った顎にやや反っ歯《そば》の男、瓜実顔に色白で目にそこはかとない艶《つや》やかさを浮かべた優男《やさおとこ》、その小柄な二人より太い首から上が突き出た六尺四寸の大男の三人が戻ってきた。

むろん三人は先月、木更津からの五大力船に吉治郎とともに乗り、江戸で奉公先を探すはずの安房平塚在の幼馴染みらだった。

「ご主人、見違えるほど綺麗になりやしたね」

と、にんまりとした反っ歯の男代助《だいすけ》がおどけて吉治郎に言った。

「あとは明日朝からかかって、昼には終わるそうだ。昼すぎに新しく張り替えた畳が届いてそれでできあがりさ。これから蕎麦を茹《ゆ》でる。夜食は蕎麦でいいかい」

「鰹《かつお》の出汁《だし》のいい匂いがする。乱さんの出汁は絶品だからね。ちょうどいい。八幡町で鮒《ふな》の昆布巻を買ってきた。今晩は盛り蕎麦と巻鮨《まきずし》だ」

おれも手伝うぜ――と代助が出汁の香りをうっとりと嗅《か》ぐ素振りをする。

「じゃあ、代助兄さんには大根をおろして絞り汁を拵《こしら》えてもらえるかい」

「よしきた。羊太《ようた》、惣吉《そうきち》、荷物を片付けようぜ」

「おう」と、三人は内証へあがって背中の荷物をおろし、片付ける。

三人は、仕事に必要な物を揃えるために両国《りょうごく》より内神田を廻り、それから伊勢町や本船町にある米河岸で米を二斗ばかり買ってきた戻りだった。

「乱さん、まいったよ。米二斗で一両近くかかっちまった。桝《ます》で量り売りのお客が嘆いてた」

重たい米を背中に担いできた大男の惣吉が、調理場の米櫃《こめびつ》に白米を移し替えながら言った。内証に荷物をおろした代助と羊太が調理場へ戻ってきて、

「まったく米屋の売り控えはひどいもんだ。天明のころでさえ一両あれば米が六斗は買えたと聞くぜ」

と、代助は流し場で大根を洗い始めた。

二斗と言えば、四斗詰め米俵《こめだわら》の半分である。米の高騰が激しかった。

「小さな子連れのおっ母《か》さんが、わずかな米を買っていく姿は可哀想《かわいそう》だったたな」

それは酒の用意にかかっている羊太が言った。

台所の明かり取りの窓に立てた障子《しょうじ》が、西日に赤く染まっていた。

「弱い者や貧しい者が困ろうが苦しもうが、自分さえよけりゃあいいと考える輩《やから》がいる。江戸に戻るまで十二年かかったが、これからおれたちの仕事が始まるのさ」

鉄鍋に蕎麦を茹で始めた乱さんと呼ばれている亭主が、湯気の中から言った。

「そうだよな。いつまでも自分ばっかりいい目を見ていたら天罰を喰《く》らわせるぜ」

羊太が「ちょいと味見」と言い添え、湯呑《ゆのみ》に冷酒をどぼんと入れてひと舐めした。

またあ――と三人が羊太を睨んで笑った。

夏の遅い宵闇《よいやみ》が洲崎を包むころ、盛り蕎麦と、付け汁にわせの大根おろしと蒲鉾《かまぼこ》と葱《ねぎ》をたっぷりと入れ、鮒の昆布巻、大根の糠漬《ぬかづけ》、朝の残りの味噌汁、冷酒を舐めながらの四人の夜食が始まった。

代助は四人の中の最年長で三十歳、亭主の吉治郎二十八歳、羊太と惣吉は二十七歳であり、代助、羊太は兄弟だった。

まだ若く食欲の旺盛な四人の腹が落ち着いたあと、ほろ酔いの代助が言った。

「乱さん、大抵の船宿は女将《おかみ》で持つって言うぜ。儲《もう》けはいいとしても体裁上、女手がひとつでもありゃあいいんだがな」

「おれもそう思う。でさ、じつは考えている女がいるんだ」

亭主の応えに、三人が意外な顔になった。

「そうなのかい。誰だい。信用できるのかい」

羊太が意外そうに目を見張って言った。

「なんとも言えない。今度会いにいく。会ってからどうするか決める。代助兄さんも一緒にいこう。兄さんと羊太さんも知っている女だ」

「ええっ。だ、誰だい」

二人が声を揃え、惣吉が顔をほころばせた。

「会えばわかる。ただし、若い女じゃない。無気味な顔をしている。そうだな、もう六十近い年だ」

「なんだ。婆《ばあ》さんじゃないか。おらそんな婆さんに知り合いがいたかな」

羊太が首を傾《かし》げ、代助は眉《まゆ》を歪めて思い出そうとしていた。

惣吉が大きな喉仏《のどぼとけ》を震わせ笑い声を響かせた。

三

それより一刻《とき》ほど前の昼八ツ、三年坂、旗本甘粕《あまかす》家千二百石お屋敷の奥まった一画にある部屋の濡《ぬ》れ縁《えん》に二人の男が座し、夏の午後の強い日差しを縁廂《えんびさし》に避けて裏庭を眺めていた。

男のひとりは甘粕孝康《たかやす》、二十八歳。涼しげな切れ長の目と、しゅっと通った鼻筋から燃える唇が錦絵《にしきえ》のような、と甘粕家の屋敷がある三年坂界隈《かいわい》のお女中らが胸をときめかす若き公儀十人目付だった。

今ひとりは森安郷《もりやすさと》五十歳。小人目付衆百二十八人を指図する四人の小人頭《がしら》のひとりである。

小人目付は公儀十人目付の配下にあり、目付の指図によりときには諸大名の調べさえひそかに行なう隠密《おんみつ》目付とも称されている。

そこは倅孝康に家督を譲り隠居の身になっている甘粕克衛《かつもり》の居室に使っている濡れ縁で、この春六十三になった克衛が隠居暮らしを始めてから作った菜園で鍬《くわ》を振るっている。

克衛は未《いま》だ矍鑠《かくしゃく》として老いをかこつ身ではなかった。

けれど十年以上前、弱冠十八歳だった孝康に家督を譲り、目付の役を退いて隠居の身になると、以来、邸内の小広い裏庭を四ツ目垣で囲い菜園に作り変えて、胡瓜《きゅうり》に茄子《なす》に大根、人参《にんじん》牛蒡《ごぼう》生姜《しょうが》、秋には甘藷《かんしょ》などを収穫する日々を送り始めたのだった。

いつ覚えたのか、荒起こし、ならし、施肥、畝立《うねだ》て、種播《たねま》き、除草、中耕、追肥、収穫まで農夫のように土と向かい、雨が降れば読書、ときに日和に誘われ江戸近郊へ散策に出かけて夜は見聞紀行なども手がける、一見のどかな暮らしに馴染んでいた。

孝康と森は、畑仕事を済ませた克衛が午後の日差しを手をかざして遮りつつ戻ってくるのを見守っていた。

森にとって甘粕克衛は、江戸城中雀門《ちゅうじゃくもん》から中ノ口へいたる東城壁に沿った小人目付部屋に詰め始めた十代のときからの頭だった。

十数年前、克衛が目付を辞したとき、森は小人目付衆十五俵扶持《ぶち》から小人頭八十俵に昇進した。克衛の強い後押しがあったためと聞いている。

森は克衛が隠居の身になった後も、三年坂の甘粕邸を頻繁に訪ね、克衛をお頭と呼ぶのを止《や》めようとはしなかった。

しかし、孝康が二十二歳の若さで目付役に就くと、父親の克衛よりもそれを喜んだ森は、それから孝康をお頭と呼び、以来、克衛は隠居さまになっていた。

「きたか」

克衛が日焼けした顔をほころばせ、森へ言った。

「隠居さまのお百姓振りを、拝見にあがりました」

「ふふ……夏は野菜が豊富に穫れる。季節によって野菜もさまざまだ。土を耕しておると世の摂理が見えて勉強になる。物の生《な》るさまを思い描いて胸も躍る。家の者は肥しが臭いと百姓の苦労も知らずに苦情を言いおるがな。収穫は家の者だけでは食べ切れぬゆえまたもらってくれ」

克衛は鍬を脇に置き、濡れ縁に腰かけた。

「ありがたく、頂戴《ちょうだい》いたします。先日いただいた胡瓜《きゅうり》は、浅漬と和《あ》え物《もの》の具にして食事の度に味わっております」

「父上、茶が入りました」

孝康が自ら急須より茶を淹《い》れ、克衛の傍らへ茶碗を差し出した。

ふむ、と克衛は畑へ向いたまま頷き、茶碗を持ちあげゆるやかに喫した。

そうして午後の日も幾ぶん西に傾いた青空を見あげ、ひと息ついた。

「さて、今日は朝から休み休み畑仕事をしてきたが、烏《からす》やら雀《すずめ》やらがしきりに噂話をしておった」

「どのような噂話ですか」

孝康が訊いた。

「米が値上がりしたままさがらず、庶民はみな困っておる。河岸八町米仲買が米の買占めと売り控えを露骨にやって米相場を高値に操っておるとな。米の値は今一両で三斗を切っておるそうだな」

「はい。今朝《けさ》の御蔵米の相場で一両およそ二斗九升、ここ数年、乱高下《らんこうげ》を繰りかえしながらじりじりと値をあげております。ちなみに天保元年の今ごろは一両に付き五斗七升余りでした。二倍近くになっております」

「鳥も雀も言いたくなるはずだな。本来ならまだ米が出廻って値の動かぬ頃なのに、なんたることだ」

「ひとつにはここ数年の寒冷続きで、今年も諸国の作柄《さくがら》が厳しいと伝わっております。お膝元の八州もそうですが、陸奥が相当ひどいと」

森が言い添えた。

「それもある。だが、諸国が米不足だからこそ仲買や問屋は米の買占めや売り控えをやるのだ。江戸への廻米《かいまい》が潤沢《じゅんたく》ならばそんなことをするとかえって損をする。米問屋に任せたままの廻米にも難点が見えておる。米問屋らは一昨年去年の惨状を慮《おもんぱか》って米相場を庶民のために低く抑えるという手立てを取ろうともせぬのだから、どうしようもない」

普段は穏やかな克衛の口調が、米相場のことになると厳しくなる。

「と言うて、不作になっても多くの百姓の売る米の値が二倍になるのではない。村役人を務めるひと握りの豪農らと米問屋らが結んで、米の値上がり分はせしめてしまう。領主は年貢が減るのだから四公六民を五公五民にしたりする。おまけに小作に落ちた百姓は年貢のほかに高利貸しに収穫を三分四分と奪われ、まさに米を作りながら飢えに苦しむ始末だ」

「宗門改を持って村を出、それを宿場などで売り払って無宿渡世に姿をくらます百姓が増えております」

森が言い添えた。

ふむ、と克衛が茶碗を持ちあげる。

「天保の世になってから八州を放浪する博徒《ばくと》、渡世人が目に付くようになったと、それは鳶《とび》が、いや他国から渡ってきた渡り鳥が話しておった」

「しかし、米相場が高値ですと扶持米で暮らす武家は助かります」

と、孝康も言った。

「武家でも禄高《ろくだか》の高い武家だけだ。米相場があがれば暮らしに必要な諸々《もろもろ》の物の値もあがる。廻り廻ってあげ句にわずかな扶持米ではたちまち暮らしに窮することになるだろう。米の値があがって得をするのは元々豊かな者なのだ」

克衛が皮肉な含み笑いを浮かべ、孝康と森は揃って頷いた。

「孝康、米の値上がりをご城内ではどう見ておる」

「数年来の天候不順のため諸国の作柄不良続きで、江戸への廻米が減っている事情が背景にあると見ております」

「お天道《てんと》さまのせいにして、仲買や問屋が相場を操っておる事情には触れぬのか」

「それは町方が手立てを講ずるべき役目だと」

「このままで何事もなく済むとは思えぬ。諸国のどこかで一揆や打毀しが起こっている。どの国でも民の怨嗟《えんさ》という火種を抱えておる。公儀お膝元の八州とて、また同じことが起こってもおかしくないのだがな」

「このままですと、また打毀しが起こるとお考えですか」

克衛は応えず、茶を喫した。

いつも思うことだが、孝康は父克衛の世情を見る目に感服させられる。父は公儀御目付として世情に接しているのではなく、畑仕事にいそしむ一介の隠居として普通の人々と向き合っていた。

屋敷にくるさまざまなご用聞きや地本問屋《じほんどいや》の手代、物売り行商、勧進《かんじん》、ふらりと供も連れず出かける虎之御門《とらのごもん》の先の芝口《しばぐち》の酒場で知り合ったらしいいかがわしい読売、そういう者らの噂話や心情の吐露などを、父は残らず書き止めている。

それら普通の人々の噂話や心情の吐露などからうかがえる世情の風景は、江戸城の目付御用所にあって、配下の小人目付や徒目付《かちめつけ》らからもたらされる報告や伝聞の世情とかけ離れていることに、目付役に就いて初めて気付かされた。

目付役に就いて六年、父克衛は今でも孝康の知恵袋だった。

「諸国から、何か変わった動きは伝わっておらぬか」

克衛が話を転じた。

「じつはお膝元の八州の動向を把握しておくために、天保七年以降に江戸と八州で起こりました百姓一揆や打毀しの顚末《てんまつ》を一応調べております」

「それは念の入ったことだ。天保七年は甲斐《かい》郡内の騒動が最もすさまじかった。今年も米沢で打毀しが起こったしな。できるだけ多くの事情を把握しておくのは、先々、無駄にはならん」

「一昨年の一年で江戸だけでも大小の打毀しが三十件起こっております。先だって、去年小田原で起こりました打毀しの始末を調べにいった森の手の者が、報告の中で妙な話を伝えてまいりました。森、あの話を父上に」

「はっ」

克衛が森へ日に焼けた顔を向けた。

「小田原の打毀しは米問屋三軒と質屋が暴徒に襲われ、町方が一刻《いっとき》ほどで鎮圧し大きな騒ぎにはいたりませんでした。ただ取り押さえた暴徒の主だった者数名から検使役が取った口書《くちがき》でわかった事情なのですが、打毀しを煽《あお》ったよそ者らがいたらしいのです」

「煽った？」

「さようです。つまり、米の高値に界隈の者らが怒りを募らせて打毀しに及んだという経緯《いきさつ》ではなく、打毀しが起こる前、町内の辻《つじ》である旅芸人の者らが三味線と鉦《かね》や太鼓を鳴らして住人を集めていたそうです。そしてこんなふうに囃《はや》し立てた。とんだ米屋が高利貸しになった、どうりで生娘《きむすめ》女郎になった、と」

「ほお、流行り唄めいておるな」

「囃しながら芸人らは野次馬をぞろぞろと引き連れ町内を廻り、米問屋の店表へ通りかかるとひと際囃し立て、米の買占め売り控えに天罰を、とひとりが叫び後の者らが天罰を、と応じる。繰りかえしているうちに住人らも一緒になって、天罰を、と叫び始めた。米問屋の手代が追っ払おうとして出てきたときに、誰かが石を投げた。それもたぶん芸人らのひとりだったと思われます」

克衛は腕を組み、ぼうっと菜園を眺めていた。

「それがきっかけとなり、野次馬は暴徒と化して米問屋へなだれこみました。一軒目を打毀すと次はあそこだと芸人らに率いられて、同じ町内の米問屋を襲った。三軒目で暴徒は倍以上の群衆になっていて、隣にあった質屋は襲撃の流れで打毀しのとばっちりにあった。むろん町方がきたときは、その芸人らは影も形も見えなくなっておりましたそうで」

「一座の名は」

「唐茄子座《とうなすざ》とか聞いておりますが、定かではありません。獣《けもの》のように宙を自在に舞う曲芸や石飛礫《いしつぶて》の妙技、桶《おけ》の中に芸人が入って首だけを出し、客に木刀で首を打たせるが打たれる前に首を桶の中に引っこめるとか、大道芸のような芸人らの一座です。野次馬を囃し立てていたのは四人でした」

「その四人は唐茄子座の芸人らに間違いはないのか」

「顔中に役者のようなけばけばしい化粧をほどこし、素顔がわかりません。ときには翁《おきな》、鬼、烏、猿の面をその化粧の上に付け、最後に面を取ったらそのけばけばしい化粧顔が現れ、客を沸かせる趣向なども取っております。打毀しを煽った芸人らもそういう化粧をしておりましたので、唐茄子座に間違いないかと」

「翁の面？　そのような一座、すぐに追えば捕えるのは容易だろう。一座が小屋がけをする際には土地の役人や顔利きらの許しを得ておるはず。足取りなど、わからぬことはあるまい」

「どうやら小田原の大久保家では、胡乱《うろん》な芸人らではありますが、打毀しはさして大きな騒ぎにはいたらず、所詮《しょせん》は卑《いや》しき旅芸人ども、町民を指図できるほどの才覚もあるまいということで、触れ状を廻したのみでそれ以上の手だてはこうじておらぬようです」

克衛は「ふうむ」とうなった。それから腕を解き、

「唐茄子座のことは、それだけか」

と、孝康へ関心をそそられたふうに見かえった。

「いえ。それで念のため、ほかの百姓一揆や打毀しの始末に同様のことがなかったか見直しや、問い合わせなどをいたしました。すると小田原のほかに松平家の上州高崎

で打毀し、常陸《ひたち》の松平家の笠間《かさま》で百姓一揆が起こっており、笠間、高崎ともに唐茄子座らしき旅芸人の者らが加わっていたと言う証言が残っておりました」

しかし――と孝康は克衛の横顔を見つめた。

「その旅芸人らは唐茄子座ではなくかぼちゃ一座と名乗っておったそうです。また、小田原のように打毀しを煽ったのかあるいは指図したのか、それはわかっておりません」

「どうりでかぼちゃが唐茄子《とうなす》だ、か。そんな戯《ざ》れ唄があったな。かぼちゃも唐茄子も、どちらも同じだ。唐茄子座に間違いなかろう」

克衛が口元をゆるめた。そしてしばらく何かを思い廻らせるように、首を右や左に動かした。それから、

「だいぶ以前、烏と雀らから聞いた噂話がある」

と、言い始めた。

「ある諸侯の国元で天保四年の飢饉の折り、百姓一揆が次々に起こった。国の中では限られた土地の騒動にすぎなかったものの、幾つかの村で火の手があがってな。初めはばらばらに起こっていた一揆が、だんだん動きをひとつにするようになって世直し一揆の様相を呈してきた。それがな……」

克衛は茶をひと口含んだ。

「村の百姓ではないある渡世人らの一味が、一揆を起こした村々を廻ってともに動くことを説いたそうだ。それでいっときは一揆の力が増した。結局、藩が各個に懐柔《かいじゅう》と容赦《ようしゃ》ない圧迫を加えて脱落する村が相次ぎ、一揆は潰《つい》えた。で、渡世人らは姿をくらました。確か一味は旅芸人らだった。一座の名は、天空座《てんくうざ》、と聞いた覚えがある」

孝康と森は、顔を見合わせた。

「ふむ。唐茄子座であれかぼちゃ一座であれ天空座であれ、同じ一味とは限らんし、気に留めるほどのことでもないのかも知れぬのだがな」

克衛は菜園を眺めたままゆるく大きな、しかし何かしら物憂《ものう》げな溜息《ためいき》をひとつ、ついたのだった。

四

その夜更け、神田川に架かる新《あたら》シ橋《ばし》から豊島町《としまちょう》と富松町《とみまつちょう》の境の通りを抜けて、馬喰町の初音《はつね》の馬場《ばば》に差しかかった儒者寺坂正軒を、馬場の暗闇から呼び止めた者がいた。

「おい……」
粗雑な呼び止め方だった。
寺坂は歩みを止め、暗い馬場へ畳提灯《たたみちょうちん》をかざした。
暗がりを照らした先に、数個の人影らしきものがぼんやりと浮かんだ。
怠《だる》そうに草履《ぞうり》を鳴らし、人影の近付く気配が暗がりに兆《きざ》した。
「誰だ」
寺坂は用心のため、影へ正対した。
馬と藁《わら》の臭《にお》いがかすかに漂っている。
外神田佐久間町《さくまちょう》の商家の知人と会い、少々酒を飲んでいた。
しかし酩酊《めいてい》するほど飲んではいない。心の覚えも身体《からだ》もはっきりしている。
提灯の明かりが、侍らしき風体《ふうてい》を浮かびあがらせた。
暗がりの中の侍は三人、いずれも見覚えはなかった。
通りかかりの懐を狙《ねら》った破落戸《ごろつき》の類か、それとも何か意趣を抱《いだ》いた者らか。
まずいな――と寺坂は思った。
儒者寺坂正軒の考え方教えに異を唱える者は、少なからずいる。
そういう中には寺坂に鉄槌《てっつい》をくだすべし、と狂信する者らがいないとも限らない。

人並に剣の修行はしている。じっと正対したまま三人から目を離さず、周囲の気配に気を配った。

「寺坂正軒、おぬし、相変わらず妙な説を吹聴《ふいちょう》して廻って、今夜もその戻りか。どぶ鼠《ねずみ》みたいに薄汚くて、役にも立たぬ男が」

三人が、草履《ぞうり》を擦《す》り近付いてくる。

寺坂は提灯を目の上へかざし、三人の顔を照らした。

やはりどの顔にも見覚えがなかった。

黒っぽい着物の袴の浪人風体だった。提灯の明かりに照らされて目を細めた。

形相は険しく、ひとりは薄ら笑いを浮かべていた。

「用があるなら、まず名乗れ」

寺坂は少しずつさがった。たじろいだのではなく、近付く三人との間を保つためである。

「阿呆《あほう》。どぶ鼠がわれらの名を聞いてなんの役に立つ」

三人が刀の鯉口《こいぐち》を切り、柄《つか》を握った。

もはや猶予《ゆうよ》はならなかった。

この不逞《ふてい》の輩が己の考えで寺坂を斬《き》りにきたのでないことは、明らかだった。

寺坂は提灯を捨て腰の刀の鯉口を切り、さがりながら身構えた。
提灯が音を立てて燃えた。
「愚か者。誰に命ぜられた。わけも知らず金につられて人斬りをするか」
「わけだと。目障《めざわ》り、汚い、それ以外どぶ鼠を始末するのになんのわけがいる」
「どぶ鼠を消して、江戸を綺麗にするだけだ」
もうひとりが嘲《あざけ》った。
三人がぞんざいに刀を抜き、燃えつきかけた提灯の火を刃《やいば》に映した。
ひとりが上段にかざし、二人が左右に廻ろうと謀る。
寺坂は落ち着いて抜刀した。廻りこまれぬように尚《なお》もさがった。
提灯の火が消え、馬場は暗闇に戻った。月明かりもない。
くうっ。
と、正面の影が奇妙な呻《うめ》き声をもらした。
上段から仕かけてきたのがわかった。
一撃を左へ払い、右の相手へ袈裟懸《けさがけ》を振るう。
それは空《くう》を斬ったが、右の男は怯《ひる》んで振り廻した切っ先が遠い。
寺坂は即座に振りかえり、正面と左へ向けて一合二合三合《ごう》と斬り結んだ。

相手にも怯みがあって、口ほどにもなく手応えはなかった。

再び右の相手へ剣をかえした刹那《せつな》、肩口に痛打を浴びた。

寺坂の苦悶《くもん》の叫びが闇夜へこだました。

四人目が後方にひそんでいたのだ。

上体を仰《の》け反らせた隙に、右からの袈裟懸を浴びたのだった。

堪《たま》らず身体が飛び、馬場の土塀へ打ち付けられた。

背中をしたたかに打ち、膝を折って座りこんだ。

暗闇に浮かぶ人影がゆれた。

愚か者――影へ向かって叫んだが、声にならなかった。

影の中からひとりが寺坂へ歩み寄った。

「寺坂、これまでだ」

「お、おぬし……」

その男に見覚えがあった。

小人目付頭のひとり、辻政之進《つじせいのしん》だ。公儀目付鳥居耀蔵の配下にあり、十日ほど前、八幡屋京左衛門の案内で米仲買商蓬萊屋岸右衛門の店を訪ねた折り、蓬萊屋から出てきた鳥居と供の辻と出会った覚えがあった。

「鳥居さまご生家の林家縁《ゆかり》の者と、聞いております」

と、八幡屋が鳥居と辻を教えたときに、辻の剣の腕について言っていた。

「狂犬みたいに恐ろしい侍、という噂もあります」

寺坂は薄っすらと認められた辻に、

「鳥居の、差し金か」

と、喘《あえ》ぎつつ言った。

辻は刀を上段にかざし、表情ひとつ変えず寺坂の頭へ打ち落とした。

横山同朋町《よこやまどうぼうちょう》にある寺坂正軒の私塾から寺坂の娘三和《みわ》と、寺坂の門弟であり寺坂家の下男をも務める藤次《とうじ》が知らせを受けて初音の馬場に駆け付けたのは、四半刻《しはんとき》後だった。

馬喰町二町目の自身番町役人と馬場の馬喰《ばくろう》らが、寺坂正軒の亡骸《なきがら》にかぶせた藁莚《わらむしろ》を取り囲んでいた。

三和と藤次は、莚を取って提灯が照らした寺坂の無残な姿に息を飲み、それから
「わっ」と叫んで亡骸の傍らに膝を折った。

「父上、父上え……」

十八歳の三和は泣き叫び、血が付くのも構わず父の身体に取りすがった。

「せ、先生」

藤次は肩を激しく震わせ咽《むせ》び泣いた。

「お気の毒で、ございます」

町役人が三和と藤次に頭を垂れた。

「誰が、こんなこと。父上、何が、何があったの」

三和の悲痛な声が暗い馬場に響いた。

「あのお、三和さまで、ございやすか」

馬喰のひとりが腰をかがめ、おずおずと三和の傍らへ近付いた。

三和は父親の胸に埋《うず》めた顔をあげられず、ただ小さく頷いた。

「おら、田平《たへい》と申しやす。仏さんを最初に見付けたのはおらでございやす。叫び声が聞こえて駆け付けやしたら、何人かの影が逃げるのが見えやした。で、仏さんが倒れていたんでございやす。側《そば》へ寄って声をかけたとき、仏さんはまだ息がございやした」

田平の言葉に三和が泣き顔をあげた。

「そうなんでございやす。仏さんが何やら言いたそうな素振りをなさいやして、耳を近付けたら、こう仰《おっしゃ》いやした。みわに、とりいとつじ、とそれだけ仰って、力尽きた様子でぐったりとなさいやした。たぶん三和さまに、とりいとつじ、という名をお伝えになりたかったんだと思いやすんで、お伝えいたしやす」

「ありがとうございます、ありがとう……」

三和が田平に言い、言葉を途切らせ新たな涙をはらはらとこぼした。

傍らの藤次が、

「鳥居耀蔵と辻政之進、か」

と声を絞り出し、歯を食い縛った。

と、そこへ夜道を乱れた急ぎ足の音が立ち、町役人らが見やるとご用提灯を提げた町方と手先らしき男らが見えた。

手先のひとりが走り寄ってきて、自身番の町役人らへ横柄《おうへい》に言った。

「どけどけ。北御番所、大江《おおえ》の旦那《だんな》の検視だ。おう、道を開けな」

「お役目、ご苦労さまでございます」

町役人らが囲みを開き、北町奉行所定町廻《じょうまちまわ》り方同心大江勘句郎《かんくろう》に腰を折った。

大江の後ろに、腹の丸いよく太った手先が従っていた。

「おい、検視の邪魔だ。どくんだ」

手先が三和の肩を手の甲で払った。

「お嬢さまに触れるな。さあ、お嬢さま……」

藤次が手先を咎め、三和を優しく促した。

三和は顔を両掌で覆い、亡骸からようやく離れた。

大江が亡骸の側に立ち、三和と藤次を睨んだ。そして、

「身寄りの者だな。後で話を聞く。待ってろ」

と、ぞんざいに言った。


翌日、江戸城中ノ口から番所の前をすぎ、中ノ口番詰所前の縁廊下の土間に小人目付頭辻政之進は片膝を付き、頭を垂れた。

縁廊下には薄鼠《うすねず》の単衣《ひとえ》に濃紺の裃《かみしも》を着けた目付が膝を折り、かがんでいた。

目付は顎のたるんだ肉厚の顔に部厚い唇を突き出し、切れ長の目を光らせていた。

「昨夜、寺坂を仰せの通りに」

辻は頭を垂れ、声を落として縁上の目付に言った。

目付は扇子《せんす》を開いて口元を隠し、

「うう。粗漏はないな」

と、呟きかえした。

「町方の大江が、懐を狙った強盗に襲われたという処置で済ませました」

「よかろう。これで手の者らに酒でも飲ませてやれ」

目付は懐の紙入から白紙《しらかみ》の小さな包みを取り出し、縁の端に投げた。

辻は両手を伸ばして包みを押しいただき、

「ありがたく、頂戴《ちょうだい》いたします」

と、応えた。

折りしも、御太鼓方坊主が打ち鳴らす御太鼓が城内に朝の四ツを報《しら》せた。

どおん、どおん、どおん……

辻が目をあげると、目付はそれ以上何も言わず、縁廊下を御目付御用所の方へ歩み去っており、下半身の短い部厚い身体が左右にゆれていた。

辻は片膝を突いた姿勢を崩さず、その後姿をずっと追い続けた。

同じ刻限、本所《ほんじょ》横川を一艘の猪牙が報恩寺橋《ほうおんじばし》の方へ漕《こ》ぎのぼっていた。

猪牙には細縞の小袖に浅葱《あさぎ》の薄羽織を着けた深川洲崎の船宿弁天亭主吉治郎が胴船梁《ふなばり》にかけ、艫《とも》の櫓《ろ》を使用人の代助が操っていた。

夏の日差しが川筋を照らし、蒸し暑い朝だった。

ほどなく猪牙は報恩寺橋袂《たもと》の河岸場へ着いた。

代助が歩みの板の杭に猪牙をつなぐと、二人は雁木をあがり深川元町代地《もとまちだいち》の通りを報恩寺門前へと取った。

門前をすぎてすぐの小路を元町へ折れて、長屋女郎の切店《きりみせ》が陋屋《ろうおく》の軒を並べる路地へ入った。

入口木戸脇の小屋に、帷子《かたびら》をだらしなく着た人相の険《けわ》しい男がぼうっと二人を見ていた。

「お杉はいるかい」

吉治郎が男に訊ねた。

「いるよ。お杉は婆あだが腕はええで七十文《もん》だ。二人なら百文にまけとく」

男はぼうっとした顔をゆるませ、歯の抜けた紫色の歯茎《はぐき》をのぞかせた。

吉治郎は百文を払った。

「奥の七つ目だ」

吉治郎と代助は軒と軒の隙間のような路地のどぶ板を鳴らした。

どの戸も開いていて、暗い奥に女らしき影が見えた。

客が入っているところは障子戸が閉っている。

七つ目、吉治郎は路地から半畳ほどもない土間へ踏み入れた。

明かり取りの窓もない薄暗がりの中で、蓬髪《ほうはつ》の薄汚れた女が座って吉治郎に空《うつ》ろな眼差しを向けていた。

代助は路地にいて、暗がりの奥に女を透かし見ていた。

垢染《あかじ》みた臭いがした。

「お杉さんかい」

吉治郎が老いた女に言った。

斑《まだら》な白粉《おしろい》と口紅がお杉をいっそう醜くしていた。

だが、まぎれもなくお杉だった。面影が吉治郎の脳裡《のうり》に甦《よみがえ》った。

お杉は吉治郎を見あげたが、なんの感慨もなさげに、

「早くやんな」

と、鉄漿《おはぐろ》を見せた。

覚えている。この鉄漿は無気味だった。吉治郎は胸をつまされた。

「乱之介だ。あんたに恩をかえしにきた。お杉さんに昔、命を助けられ世話になった。おれと一緒にくるかい」

お杉は、乱之介と名乗ったこの若い男を思い出せず、呆然《ぼうぜん》と見あげていた。

それからまた、吉治郎に言った。

「早く済まさないと、ときが終わっちまうよ、お客さん」

「ときは心配しなくていい。恩がえしに刻限はないからな」

吉次郎が言い、笑いかけた。

ああ？

お杉はまじまじと乱之介を見つめ続けた。

二之章　米仲買商

一

室町の大通りを東に折れて伊勢町の堀留へ通じる浮世小路。小砂利が敷かれ、雨の日でも小路をゆく人の足がぬかるみに取られることはない。

その浮世小路に両開き桐格子《きりごうし》の戸を構える高級料亭大津屋は、室町や伊勢町界隈《かいわい》の旦那衆《だんなしゅう》のみに内々の寄合や寛《くつろ》いだ宴《うたげ》の場を供して、一見客《いちげんきゃく》お断りの隠れ処《かくが》風おもてなしを売り物にしていた。

夜の帳《とばり》がおりても、看板行灯《あんどん》や軒提灯《のきぢょうちん》は灯《とも》さず、ただ前庭に置いた背の低い石燈籠《いしどうろう》の明かりが表戸をくぐった客の足元の石畳と両脇《りょうわき》の庭木を照らし、主屋《おもや》より聞こえるかすかな管弦の音《ね》が料亭の贅沢《ぜいたく》な装いを凝らしているばかりである。

天保九年、秋の気配がしのばれる八月初め。

大津屋ではその夜も馴染《なじ》みのお金持の旦那衆らが贅沢なひとときをすごし、その幾組かの旦那衆の中に、堀江町蓬莱屋《ほうらいや》岸右衛門、伊勢町白石屋六三郎、本船町山福屋太兵衛の三人の姿があった。

三人は河岸八町米仲買商仲間の元締め、行事役の寄合を大津屋で開き、談合が済んだ後は例によって豪華な酒宴を心置きなく楽しんだ。

ここ数年の飢饉《ききん》騒ぎが収まり、江戸米相場の高止まりに三人の仲買らは上機嫌《じょうきげん》だった。

夜四ツ（午後十時）すぎ、ほろ酔いの三人は大津屋の女将《おかみ》や仲居らに見送られ、店を出た。

大津屋の奉公人が提灯で浮世小路を照らし、先に立った。

浮世小路を東へ抜けると、伊勢町と瀬戸物町の境にある入り堀の堀留がある。

堀留の河岸《かし》場に幾艘《そう》もの川船が繋留《けいりゅう》してあり、風もないのに船縁《ふなべり》が触れてごとんごとんと眠気を誘っていた。

小路から堀留に出た奉公人は、月は掛かっておらず無数の星が輝く夜空を見あげつつ伊勢町の方へ折れようとした。

そして、ふと、何かが傍《かたわ》らをよぎった気配にまごついた。

なんだ、野良犬か？　とよぎった何かを追いかけるように振りかえったときだった。

幾つかの黒い人影が、小路の旦那衆を取り囲んでいた。

「ああ？」

声を出しかけた奉公人へ振りかえった人影のひとつが、翁《おきな》だった。

それは翁の面をかぶっているのが咄嗟《とっさ》に知れたが、にもかかわらず奉公人にはひょろりと背の高い翁そのものだった。

影は翁の面以外は全身黒装束《くろしょうぞく》で、腰には脇差《わきざし》の影が一本見えた。

奉公人は声を失い、呆然《ぼうぜん》となった。

助けて、と叫ぶまでに間があった。

翁は口元に指を立て、しっ、と奉公人に合図を寄越した。

かざした提灯が震えた。

恐怖に慄《おのの》いて声が出ず、角の土塀下にくずれるように尻餅《しりもち》をついたのだった。

「騒ぐな。大人《おとな》しくしていれば害は加えぬ」

翁が奉公人に顔を近付け、ささやいた。

奉公人は首を何度も細かく振った。

物音や騒ぎ声は旦那衆の間からもほとんど聞こえなかった。

ただ、暗い小路の先で幾つかの影が固まって蠢《うごめ》き、小砂利が不穏《ふおん》なざわめきを小さく立て、二言三言の呻《うめ》き声がもれてきただけだった。

震えて自分の歯が小刻みに鳴る音の方が、はっきりと聞こえた。

「蓬萊屋岸右衛門、白石屋六三郎、山福屋太兵衛の身柄をあずかった。主人の命を取られたくなくば番所には知らせるな。われらの申し入れを待て。われらの言う通りにするなら主人は無事にかえす。おまえがそれぞれの店に伝えろ」

翁がささやき、奉公人は目をぱちくりさせた。

「わかったな」

翁が念を押した。

奉公人が細かく頷《うなず》くと、翁は影の固まりへ手で合図を送った。

さしたる間もなく、影が三つの畚《もっこ》を担いで奉公人の傍らを通りすぎた。

翁を先頭に、驚いたことに二番目は烏《からす》が畚をひとつ、三番目が巨体の鬼でその両肩にひとつずつ畚を担いでいて、四番目はいかにも身軽そうな猿《さる》だった。

四つの影とも翁と同じ黒装束に脇差を差していた。

翁は提灯を震えてかざす奉公人を、もう見向きもしなかった。

四つの影は滑《なめ》らかに歩んで堀留にいき、河岸場へおりていった。

翁が桟橋につないだ二挺立《にちょうだ》てきりぎりすにふわりと乗りこんだ。

きりぎりすは山谷堀へ通う川船である。

後の三人が続き、きりぎりすの掩蓋《えんがい》の中に消えた。

翁が棹《さお》を使った。そうして道端に尻餅をついた奉公人へ手をかざし、まだ動くな、というふうに押さえる仕種を投げた。

それから棹を櫓《ろ》に持ち替え、入り堀の暗闇《くらやみ》の彼方《かなた》にたちまち消え去っていった。

束《つか》の間《ま》の出来事だった。

奉公人がよろけながらも起きあがることができたのは、櫓の音がかすかにしか聞こえなくなってからだった。

大津屋お仕着せの長着《ながぎ》を濡《ぬ》らすくらいに冷汗をかいているのに気付いたのも、そのときだった。

「大変だ」

奉公人はひとつ呟《つぶや》いた。それから、

「た、大変だあ。お客さま、お客さまが……」

と繰りかえしつつ、もつれる足で懸命に小路を駆け戻った。

奉公人は大津屋の亭主と女将に、うろたえ慌《あわ》てながらも事の次第を告げた。

えらいことになった、すぐ御番所に、と立ちあがった亭主を女将が引き止め、

「佐助《さすけ》、まずは急いで蓬萊屋さん、白石屋さん、山福屋さんのお内儀《かみ》さまにこの事をお知らせしなさい」

と、奉公人に厳しく命じた。

「御番所へ訴えるかどうかはお内儀さまにお任せするのです。お内儀さま以外の誰《だれ》にも悟られないように。お客さまの命にかかわっているのです。うちが下手なことをしてお客さまの命にもしものことがあったら取りかえしがつかなくなるのですよ」

女将の判断はもっともだった。

四半刻《しはんとき》後から半刻後、それぞれのお店ではお内儀の部屋に番頭などわずかな主だった者らが集まり、声を殺して密議を交わした。

さらに一刻《いっとき》後、堀江町の蓬萊屋奥の居室に白石屋と山福屋のお内儀と番頭らがこっそりと顔を揃《そろ》えた。そして夜を徹し長々と話し合いが持たれた。

翌日、河岸八町の三軒の仲買は普段通り店を開けて商《あきな》いを始めていた。

仕事は朝から忙しく、昨日と変わらぬ客の出入りに商いの盛況振りだった。

昨日との違いは、三軒とも主人が急な用で不在ということだけである。

「ご主人はどちらへ」

取引先の顧客に訊《たず》ねられた番頭は、

「申しわけございません。昨夜《ゆうべ》、親戚《しんせき》より急な障《さわ》りの知らせが届き、主人は今朝方《けさがた》暗いうちに……」

などと応《こた》え、店の様子の異変に気付いた者はいなかった。

しかし昼すぎ、無紋の薄羽織に菅笠《すげがさ》で顔を隠した浪人風体《ふうてい》の侍らが二、三人ずつ、蓬莱屋、白石屋、山福屋を訪ね、奥の部屋へ通っていった。

またそれぞれの店の事情を知らぬ手代《てだい》や小僧、下働きの下男下女らの中には、お店の周辺に胡乱《うろん》な男らがうろついているのを見付け、
何かあったのかね。なんだい、知らないね。ほら、あそこ……

などと、奉公人らの間で不穏な気配が少しずつ広がってはいた。

そんなふうにして一日が暮れ夕闇がおりたころ、後ろ襟《えり》に差した提灯をゆらし三味線の相方《あいかた》を連れた読売《よみうり》が、字突《じつ》きで半切《はんせつ》に刷った瓦版《かわらばん》を叩《たた》きつつ、

「これはこの渡世《とせい》にもめずらしき、天下に轟《とどろ》く河岸八町、米仲買の蓬莱屋、同じく白石屋に山福屋、主人は名高き……」

と、蓬萊屋岸右衛門、白石屋六三郎、山福屋太兵衛の昨夜のかどわかしを臭《にお》わせた瓦版を売り出したという評判が聞こえ、それぞれの家の者らは驚いた。

早速《さっそく》お内儀らに命じられた家の者が町内の出入り口に読売を待ち構え、町内に現れた読売から一冊八文の瓦版を買占めた。

同じ夜、三十間堀《さんじっけんぼり》沿い木挽町《こびきちょう》三丁目の裏店《うらだな》にある花田勘弥《はなだかんや》の読売屋へ、北の定町廻り方同心大江勘句郎と手先の文彦が乗りこんだのは四ツ（午後十時）前だった。

建付けの悪い障子戸を、けたたましい音をたてて引き開け、腹の大きな文彦と背を丸めた中背《ちゅうぜい》の大江が前土間にのっそりと現れたとき、店の間板敷で五、六人の風体の怪しげな男らが、徳利《とっくり》の冷酒を湯呑《ゆのみ》についでわいわいと酒盛の最中だった。

男らが車座になった店の間は、数台の机が乱雑に並び、筆や硯《すずり》、汚れた紙がちらかり、男らの傍らには売れ残った瓦版が積んであった。

「北御番所のご用だ。花田勘弥はいるかい」

と、居丈高《いたけだか》に投げた文彦へ、男らは湯呑の手を止めぎょっとした目を向けていた。

ひとりの若い衆が素早く立ちあがって店の奥へ逃げるように消え、「親方あ、親方あ……」とささやき声で呼んだ。

花田勘弥は南蛮《なんばん》渡りの鼻眼鏡《はなめがね》という物をかけた、小太りの男だった。

年は五十前後、手を揉《も》みしだき小腰をかがめて店の間に現れ、

「これはこれはお役人さま、夜分お務めごくろうさまでございます。わたくしが主《あるじ》の花田勘弥でございます。こちらは仕事場で見苦しく散らかっておりますので、どうぞ奥へおあがりくださいませ」

と、膝《ひざ》と手を店の間のあがり端《ばな》に付けた。

「おめえが勘弥か。なら、ここでいい」

文彦の後ろより、大江が両袖《りょうそで》に隠していた手を出しながら近付いた。

「こちら、北御番所定町廻り方の大江の旦那だ」

赤ら顔の文彦が勘弥と後ろの男らを見廻した。

大江は腰の差料《さしりょう》をはずして、あがり端に荒っぽく腰かけた。

刀を杖《つえ》代わりに突き、足を組んで紺足袋《こんたび》の指先の雪駄《せった》をぶらぶらさせた。

若い衆がすぐに温かい茶を、大江と土間に立った文彦に運んできた。

「勘弥、おれがなぜこの刻限に訪ねてきたか、わかってるな」

大江が粘っこい口調で言った。

「はあ。なぜと申しますと……」

「ええ？　おめえ、おれがなぜ訪ねてきたかわからねえってえのかい」

大江は勘弥から、酒盛を中断し畏《かしこ》まっている男らへ一重《ひとえ》の細い目を流した。

「これは和蘭《オランダ》渡りの細《こま》けえ字が読める眼鏡と言う道具かい」

勘弥の鼻に架かった眼鏡を大江がはずし、目の前にかざして周囲を見廻した。

「おお、よく見えるな。近ごろは字がかすんじまってよ。番所の調書が読み辛《づら》くて困ってんだ」

大江は眼鏡を透《とお》して勘弥をじろりと見つめた。

「へえ。わたくしも年を取りまして物が見辛くなりまして、先年、ようやく長崎で手に入れることができたのでございます」

「そうかい。ずいぶんかかったんだろう。勘弥の読売は売れ行きがいいと、評判だからな。まあ大事にしな」

大江は勘弥の鼻に眼鏡を架け、続けた。

「おめえがわかってねえということは、おめえとこの瓦版が御番所に迷惑をかけたとは思ってねえんだな」

「御番所に迷惑をかけるなどと、とんでもございません。わたしどもは多くの方々がお知りになりたいことをお知らせし、楽しんでいただくためにお売りしているのでございます」

「なんだと。お知りになりたいことをお知らせし、だと。笑わせんじゃねえよ。なあ」

大江が土間の文彦に相槌《あいづち》を求め、文彦はぐふふと吹き出した。

「おめえらもそう思うだろう。笑わせんじゃねえよな」

と、勘弥の後ろに畏まっている男らに甲高《かんだか》い声を投げた。

男らはみな肩をすぼめもじもじとし、勘弥は鼻にかかった眼鏡をいじっている。

「あることないこと書きなぐって、たかりまがいに売り付けてやがるくせによ。けど今晩はそのことじゃねえんだ。これはおめえんとこの瓦版だな」

大江が懐《ふところ》から、米仲買商蓬萊屋らの昨夜のかどわかしを臭わせる半切の瓦版を取り出し勘弥の膝へ投げた。

勘弥は瓦版を拾って、不機嫌《ふきげん》そうに唇をへの字に結んで目から遠ざけて持った。眼鏡の奥の目を細め瓦版の字面《じづら》をゆっくり追った。

大江が苛々《いらいら》と雪駄をゆらした。

「間違いございません。わたしどものお売りいたしました瓦版でございます。あのこの瓦版が、なんぞ、ご迷惑をおかけいたしましたのでしょうか」

勘弥が瓦版を大江の腰の側《そば》へ恐る恐る置いた。

「なんぞだと。いいか勘弥、こいつが実事《じつじ》ならよ、人の命がかかってんだぜ。こういう身代金狙《ねら》いと思われるかどわかしには多いんだ。外にばらすな。外にばらしたら人質を始末するってえのがな。そんなこと、読売屋のおめえが知らなかったとは言わせねえぜ」

「身代金のことは書いてありませんが」

「ふん。おめえ、揚げ足を取ろうってえのか」

「いえ。滅相もございません」

大江は杖代わりの刀を、鍔《つば》を鳴らして持ち変えた。

「この種はどこで拾った。誰から聞いた。ばらしたやつの名前を教えてくれ」

「それは、なにとぞご勘弁《かんべん》ください。名前を出さないという約束を、違《たが》えることになります」

「おめえ、誰と話してると思ってるんだ。手間取らせせんじゃねえよ。おめえが言いたくねえなら大番屋でおめえの身体《からだ》に訊《き》いてもいいんだぜ。なんなら、てめえらも一緒にくるかい」

後ろの男らへ大江が顎《あご》をしゃくった。

男らは身体を縮め、首を左右に振ったり、中には不貞腐《ふてくさ》れた者もいる。

折りしも障子を開けたままの暗い路地から、芝切通《しばきりどお》しの時の鐘が四ツを報《しら》せた。

「あれは四ツか」

文彦が、へえ、と頷いた。

「おれも帰えりてえんだ。さっさと済まそうぜ。つまらねえことで頑張るなよ」

勘弥は頑張る気などなかった。間を持たせるか持たせないか、それだけである。大江もそれは心得ている。

「あの、お上《かみ》のご命令ということでしたらお教えいたしますが……」

と、勘弥は大江の方へ上体を少し寄せ、ささやき声になった。

「御番所のお名前が出ても、よろしゅうございますか」

勘弥は袖の下から出した白い紙包みを、大江の膝の傍らへそれとなく忍ばせた。

「それは北かい、南かい」

「北でございます」

大江は掌で顎をさすった。そういうことは常に、阿吽《あうん》、の呼吸である。

黙って頷いた。

勘弥が大江の耳元に口を寄せ、ささやいた。

雪駄がゆれている。

「わかった。そんなことだろうと思っていたぜ」

大江は瓦版と一緒に、白紙《しらかみ》の包みを取って袖にさり気なく仕舞った。

「それでよ、勘弥。今後こういう種を瓦版に出すときは、おれにひと声かけてくれるかい。まずいときがあるんだよ。お互い、持ちつ持たれつだろう。お上に手を貸してくれりゃあ、こっちからもいいねたを流してやるぜ」

勘弥は深々と頭《こうべ》を垂れ、後ろの男らも倣《なら》った。

大江は立ちあがり、腰に刀を差しながら言った。

「この一件についてはおれがいいと言うまで書くんじゃねえぜ。書いていいときがきたら教える。いいな。もっとも、どこそこの嫁入り前の娘が寝小便垂れだとか、どこそこの女房が間夫《まぶ》を取ったとかは、お構いなしだがな」

大江は文彦に顎をしゃくった。

二人は表障子も閉めず、路地の暗闇へまぎれた。

どぶ板が鳴り、しばらくして犬が胡散臭《うさんくさ》げに吠《ほ》えた。

「ちぇ、腐れが。おう、呑み直そうぜ」

男らが徳利と湯呑を再び鳴らし始めた。

「まあいい。新しい手蔓《てづる》ができたと思えば損はないさ」

勘弥が男らの車座の中に加わった。

二

翌日午後、北町奉行所内座之間の裏方に隣り合わせる内寄合座敷に、北町奉行大草《おおくさ》能登守《のとのかみ》、年番方筆頭与力《よりき》川北文吾《かわきたぶんご》、廻り方同心大江勘句郎、同じく廻り方同心青木慎《あおきしん》太郎《たろう》、さらにこの度《たび》の米仲買商かどわかしの一件に隠密《おんみつ》の探索掛《がかり》を仰せ付けられた平《ひら》同心ら数名が揃っていた。

奉行は床の間を背にし、左手の襖《ふすま》側に与力の川北、大江と青木が並んで奉行右手の中庭縁廊下を仕切る腰障子の前に着座し、平同心らは奉行正面に控えている。

奉行の前には絵地図を広げてあり、この一件の頭《かしら》役になって指揮を取る大江が身を乗り出して絵地図を指差し、説明していた。

みなが絵地図に見入っている。

「金を積んだ艀《はしけ》は竹屋の渡しから三十間ばかり下流の中ほどに止め、一味がくるのを待ちます。おそらく、一味はきりぎりすでやってくるでしょう。きりぎりすには人質の三人が乗せられている。船が並んで人質と小判の交換になります。そこで肝心なのは、人質をかえすのが後になったときは金を絶対渡してはならないということです」

そう言って大江は身体を起こし、胸を張った。

「金はあくまで三人が無事にかえるときにのみ渡すと、一味にわからせるのです。仮に明日の交換が流れたとしても、その線は譲ってはなりません。大丈夫、一味にとって三人は大事な金蔓、簡単に手にかけたりはしません。必ずまた連絡を寄越してまいります」

大江の口振りには、自信があふれていた。

今朝、堀江町蓬莱屋の店土間に手紙が投げこまれていた。

蓬莱屋岸右衛門、白石屋六三郎、山福屋太兵衛の直筆《じきひつ》と思われる三通の書面が折り封の中に畳んであった。

ひとり小判二千両、合わせて六千両の身代金を要求する内容だった。

明日真夜中の九ツ、隅田川竹屋の渡しより下流三十間ほどの川の真中に、千両箱六つを積んだ船を止めて待て。そこで金と人質を交換する。船には船頭と蓬莱屋の番頭以外誰も乗ってはならない。交換した後すみやかに双方別れ、一切手を出さない。

この申し状通りでなければ交渉は決裂、三人の命はないものと覚悟せよ。念のため町方役人に絶対知らせるな。この申し状が伝わったならば目印に……

三軒の仲買商の家に浪人風体で張りこんでいた町方同心らは、賊よりの連絡によって動きが慌ただしくなった。

町方には知らせていないことになっている。

しかし、一味の要求はひそかに奉行所の大江の元に知らされた。

きやがったぜ――大江は思った。

奉行がお城より戻った昼八ツ、一件が隠密なため内寄合座敷において、奉行を前にして一件の掛《かかり》になった者らが隠密の方策を練った。

「身代金目当てのかどわかしがいつも失敗に帰すのは、人質と金の受け渡しが難しいからです。一味が金と人質を交換した後、どう姿をくらます手立てを廻《めぐ》らしているのか、あらゆる事態を推断する必要があります」

と、大江は続けた。

「竹屋の渡し、山谷堀今戸橋《さんやぼりいまどばし》、花川戸《はなかわど》の船着場、中之郷瓦町《なかのごうかわらまち》の河岸場、北十間堀源兵衛橋《きたじっけんぼりげんべえばし》、万が一のことを考慮して上流は橋場《はしば》の渡し場、下流は御厩河岸《おうまやがし》の渡し場にも捕《と》り方《かた》をひそませた屋根船を備えておきます。陸《おか》には両岸に本所深川、浅草神田両国の岡っ引をできるかぎりかり集めて備えさせます。連中が船で逃げるなら、どこまでも船を追って陸を走れる生きのいい連中です」

「つまり、人質と身代金の交換が済んだら、一味を捕り押さえるのだな」

与力の川北が言った。

「そうです。やつらがどんな手立てでこようと、人質さえ取り戻せばそれほど難しいとは思えません。執拗《しつよう》にどこまでも追いつめて、てめえらの仕出かした悪行を後悔させてやります」

「大江さん、一味が船を使わない場合は考えられますか」

青木慎太郎が訊いた。

「それはないと思う。船を使うからこそ隅田川なんだ。人質を運ぶにも千両箱を六つも運ぶのも船でなけりゃあ不都合だ。しいて言えば大川橋あたりに何か仕掛《しかけ》があるかも知れない。だが、陸なら一味の動きは千両箱の重たさで尚《なお》のこと悪くなる。そうなれば捕えるのはもっとたやすい」

「たとえば、水中から金を積んだ船を襲うというのは」

「それも考えた。船手《ふなて》の水練《すいれん》の得意な水夫《かこ》、同心にも応援を頼むつもりだ」

「手抜かりが、あってはならん」

奉行が青白い細面《ほそおもて》を大江に投げた。

癇症《かんしょう》な気質らしく、手にした扇を膝の上で苛々《いらいら》と震わせている。

「お奉行さま、ご安心ください。大江勘句郎、万難を排して賊を召し捕ってご覧に入れます。どぶ鼠《ねずみ》一匹、めだか一匹、捕り逃がしはいたしません」

大江は言って、奉行に頭を垂れた。

「ふむ。みな油断するな。賊はどういう手を打ってくるかわからん。心してかかれ。失敗は許されんぞ」

奉行は年若い平同心らを鋭い眼差《まなざ》しで見廻《みまわ》した。

ははあっ、と同心らが一斉に応えた。

その密議が終わって内寄合座敷より内座之間の縁廊下を年番方詰所へ戻る川北の背中に、大江は声をかけた。

「川北さま、ちょいとよろしいでしょうか」

川北が大江に振りかえった。

青木や平同心らが、頭をさげながら川北の傍らを通りすぎてゆく。

「なんだ」

川北が縁廊下に立ち止まり、裃《かみしも》の肩衣《かたぎぬ》の埃《ほこり》を払う仕種をした。

内座之間、次之間、溜之間《たまりのま》に沿って縁廊下が折れ曲がり中庭を囲っている。

午後の日差しが庭へ降りそそいでいた。

川北は漫然と中庭へ顔を向けている。

大江は掌をすり合わせ、川北へ笑いかけた。

「昨夜《ゆうべ》、木挽町の読売の、花田勘弥に会ってきましたよ」

「……だってな。今朝、勘弥の使いがきて聞いた」

川北は庭へ向けた顔を戻しもせず、素っ気なく応えた。

「そいつはお耳が早い。さすがは川北さま。北町年番方筆頭ともなるお方は違う」

「白々しい。大江、用はなんだ。早く言え」

「ではもうお察しですね。この度の一件、町方が隠密に動いていると一味に知られちゃあ困る。それを読売にばらされちゃあ、動きにくくってしょうがねえ。読売と親しくなるのもほどほどにしていただかねえと後で面倒臭いことになりやすぜ。ご忠告、申しあげておきやす」

川北は不機嫌そうに顔を歪《ゆが》め、黙っていた。

大江は手の動きを止め、川北の素振りをうかがった。

下番が公事人《くじにん》を詮議所《せんぎしょ》へ呼ぶ声が公事人溜りの方から聞こえる。

「それだけか」

短い間を置いて川北が言った。

「はあ。今日のところは」

大江は不敵に唇を歪めた。

川北は大江に無表情な一瞥《いちべつ》を投げ、それから背を向けていきかけた。
二、三歩進んで歩みを止めた。
「大江、お奉行さまとお目付の鳥居さまの覚えがめでたいというのも大変だな」

と、川北の背中が言った。

「この一件で手柄を立てれば覚えはいっそうめでたくなるわけだ。粗漏がないよう陰ながら祈っているぞ。くれぐれも、お奉行さまと鳥居さまの機嫌を損ねぬようにな」

川北は皮肉な物言いを残して縁廊下を曲がり、表玄関の廊下を折れた。

大江は鼻先で笑いながら、川北の姿を目で追っていた。

午後、目付甘粕孝康は、江戸城中ノ口番と中之口御廊下を隔て向き合う目付御用所を足早に出た。

向かった先は、中之御廊下奥の目付部屋だった。

「甘粕孝康です。お呼びによりまいりました」

入り口の腰障子の前で名乗ると、「ふむ」と濁声《だみごえ》がかえってきた。

目付部屋には鳥居耀蔵がひとり着座し、読み本らしき書物を開いていた。

孝康は畳を擦《す》って進み、袢の半袴《はんばかま》を払った。手を突いて平身する。

「手をあげられよ」

はっ――五尺七寸少々の痩軀《そうく》をもたげ、細面の白皙《はくせき》を鳥居の膝の前へ投げた。

涼しげな切れ長の目と真っすぐに通った鼻筋から燃える唇が、若い清々《すがすが》しさを風貌《ふうぼう》に与えている。

鳥居は不機嫌そうに唇を尖《とが》らせた浅黒い顔を孝康へ向けた。

わずかに苛付いた目で孝康の仕種と風貌を見守り、読み本を閉じて傍らへ捨てた。

「埒《らち》もない」

「は？」

「まったく、くだらぬ読み物だ。度し難い。こんな本が国を滅ぼす。こんな物を書く輩《やから》は重き咎《とが》めを申し付け、思い知らせねば」

鳥居は吐き捨てた。

孝康は鳥居の傍らへ捨てられた読み本を見た。表紙に《春色梅児誉美《しゅんしょくうめごよみ》》の文字が読めた。天保三年春、初編が刊行された為永春水《ためながしゅんすい》の評判の読み本だった。

「甘粕どの、そう思いませんか」

「はあ……」

孝康は返事を濁した。

「読んでいないのか。ふむ、読む値打ちなどありませんからな」

むろん読んでいる。面白《おもしろ》い。春水の本はもらさず読んでいる。

「ところで、一昨日の夜、伊勢町の堀留でかどわかしがあった。米仲買商の蓬萊屋岸右衛門、白石屋六三郎、山福屋太兵衛が、翁、烏、鬼、猿、の面をかぶった賊に襲われ連れ去られた」

孝康は「はい」と短く応えた。

「知っておられるのか」

「昨日、わが手の者より報告を受けました。賊は三人をきりぎりすで連れ去ったと聞いております。町方が隠密に動いている、と」

「耳がお早い。では、今朝の身代金の話もですな」

同じく首肯《しゅこう》した。

「呼んだのは、その一件でござる」

と、鳥居は眉間《みけん》に深い皺《しわ》を寄せた。

「何か手立てを、廻《めぐ》らしておられるか」

ここで、わたくしがでございますか、などと訊きかえせば、まどろっこしいことを言う男だ、という侮蔑《ぶべつ》の眼差しを浴びせられる。鳥居はおのれを、林家の血を受け継ぐ人に抜きん出た頭脳の持主、能吏《のうり》と自認してはばからない。

この四月、中奥番から目付に抜擢《ばってき》されてまだ数箇月だったが、生家が林家であり、鳥居家二千五百石の当主という家格の違いもあって、弱冠二十八歳の孝康の上席に位置していた。

米相場は公儀の政《まつりごと》の根幹を左右する。

米仲買商は米問屋とともに、町人とは言え公儀の政に影響を与える存在である。目付なら、支配違いではあっても一件に関心を持って当たり前、と質《ただ》しているのだ。

「町地は町奉行所の掛ゆえ、表立っては動いておりません」

孝康は返答した。

「表立っては？」

「しかしながら、一味の狙いが金だけか、あるいは背景があるのか、訝《いぶか》しく思っております。ゆえに、万が一の事態には応援に廻る備えをして、町方の始末を見守っております」

「訝しく？　このかどわかしの何が訝しい」

鳥居は物言いのささいな曖昧《あいまい》さに、妙に絡《から》んでくる習性があった。緻密《ちみつ》な気性、と言えば言えるが、陰《いん》にこもった湿り気を覚えて、それが孝康の肌には合わなかった。

それに中奥番役のときから上さまの覚えがめでたいということを笠に着て、若い孝康にひどく横柄な素振りだった。まるで上役のような態度を取った。

「かどわかしがなぜ米仲買商だったのか、ということです。米の値が高騰しておりまず。そのために江戸の諸色《しょしき》があがり、その日暮らしの多くの庶民や家禄《かろく》の低い武家の間では米の買占め売り控えで米の値を操る仲買商問屋への怨嗟《えんさ》の声があがっていると、聞いております」

鳥居は毛の生えたむっちりとした指を、膝の上で苛立たしげに弄《もてあそ》んだ。

「身代金狙いのかどわかしなら、ほかにも金持はおります。偶然、米仲買商を狙ったのか、あるいはなんらかの意図を持ってあえて米仲買商を狙ったのか、と訝しく思っております」

「仮に意図があったとしても、高々、盗《ぬす》っ人《と》のどぶ鼠どもだ。どぶ鼠ごときの始末は町方の仕事だ。目付が出る幕ではございまい」

「ですが、一味があえて米仲買商をかどわかしたのであれば、米仲買商でなければならない事情があるはずです。譬《たと》えばそれは、世の政を行なう武家へ歯向かっているのかもしれません。平たく申せば、一味は金目当てのみならず、ご公儀のご政道への不平不満を晴らそうとしているのではないかと」

鳥居は眉間に深い皺を寄せ、眼差しをあらぬ方へ投げていた。その顔付きがひどく老けて見えた。しかしこの男はまだ四十三歳の壮漢である。

「むろん、推量にすぎません。そういう場合も考えられる、というだけです。とは言えもしそうなら、一味はご政道に盾突く由々しき輩。目付といたしましても備えておくべき、と考えました。こういう事が、また一昨年去年のような打毀しの再燃につながりかねません」

孝康は頭を垂れた。

「馬鹿ばかしい。盗っ人の世直しか。品格のない読売の書きそうな狂言ですな」

鳥居は蝮《まむし》の目で孝康を睨《にら》んだ。

「御老中水野さまよりの直々のご命令でござる。どぶ鼠どもを甘粕どのの手で捕えるのです。甘粕どのが指図《さしず》するのです」

素振りには出さなくとも、町方支配のこの一件をひどく気にかけている。内心では鳥居も訝しく思っているのだろう。なぜ蓬莱屋、白石屋、山福屋だったのか。なぜ米仲買商なのか。なぜ蓬莱屋、白石屋、山福屋だったのか。

公儀目付、それも名門林家の血筋の旗本鳥居耀蔵が、河岸八町米仲買の相談役に就き大枚の相談料を受け取っているのは、知れ渡っている。

その日暮らしの多くの貧しい庶民は、米の値段の不当なる操作を正すべき公儀目付が、問屋や仲買とつるんで暴利を貪《むさぼ》っていると怒りを募らせている。

米の値段の高止まりが続いているこのご時世、いかにも拙《まず》い。

公儀役人と商人への怒りが、いずれ公儀への疑惑、非難に向かっていくのは十分すぎるくらいあり得る。今度は打毀しでは済まなくなるかもしれない。

蓬莱屋、白石屋、山福屋の主人らは米仲買商仲間の元締めであり、鳥居は三人と始終会っていた。三人のかどわかしをただ事ではないと推断するのは無理もなかった。

孝康は唇を一筋に結んだ。

「今朝、北町奉行の大草どのとも話した。町方はできるだけ人手を動員して、人質の無事な救出を計る」

「身代金を払うのですね」

鳥居は孝康の問いには応えず、言った。

「甘粕どのは隠密に、一味の素性、裏に隠れた狙い、目論《もくろ》みや魂胆、そちらの探索から一味の素性を暴《あば》くのです。しかし町方とは連携を取って。それは大草どのも承知している。目付と町方、陰と陽の両立てでやつらに迫り、やつらを丸裸にし思い切り辱《はずかし》め、そのうえで獄門《ごくもん》に晒《さら》してやるのです。ただし、くれぐれも隠密にです」

孝康は鳥居の憎々しげな物言いに、思わず口を噤《つぐ》んだ。目が憎悪《ぞうお》で血走っていた。

「承知いたしました」

と応えた。ただふと、

もしかして鳥居さまは、一味にお心当たりがおありなのでは。高々、盗っ人のどぶ鼠ども、とは以前どこかで聞いたふうな……

という疑念が兆《きざ》した。

埒もない。そんなことがあるはずもなかろう。

と、孝康は打ち消したけれども。

三

その夕刻七ツ（午後四時）前、店仕舞いの刻限が近付いた幕府御用達《ごようたし》呉服問屋後藤へ武家の奥勤めらしき扮装《いでたち》の若きお女中が、供侍ひとりと挟箱《はさみばこ》を担いだ中間《ちゅうげん》ひとりを従えて現れた。

お女中は御高祖頭巾《おこそずきん》を付け、供侍と中間は菅笠をかぶっていた。

応対に出た手代の前で御高祖頭巾を解かぬままだったが、その眼差しだけでも、まさに白き花の輝き、高貴の客に慣れた手代にさえ、ほう、と目を見張らせる見目麗《みめうるわ》しさを思わせた。

お女中は表見世の座敷に座し、供侍が伏目勝ちに手代にひそと言った。

「お代参の途中でござるが、お方さまの打掛《うちかけ》を拵《こしら》えたいゆえ寄らせていただいた」

「まことに、ありがたいことでございます」

手代は小僧に「それがしはここで」と土間に控えた供侍や中間にも茶を出させ、唐《から》織《おり》、緞子《どんす》、繻子《しゅす》、などの反物《たんもの》を広げ、あれこれとお女中の品定めに応えていた。

店表庇《ひさし》下通路の軒に垂らした日除《ひよ》けの長暖簾《のれん》が、客や小僧らの出入りのたびに翻《ひるがえ》って、黒羽織の同心や裃の侍、羽織姿の町民らが呉服橋を渡っている様子がのぞけた。

お女中は何かが気になっていると見え、長い睫毛《まつげ》の眼差しをちらちらと暖簾の隙間《すきま》から見える呉服橋へとき折り投げた。

「昨日から御番所の同心の方々が、慌ただしげに御門を出入りなさっておられます。何かあったのでしょうか」

手代は、お女中の素振りに愛想《あいそ》のつもりで言った。

顔を赤らめ反物へ目を戻したお女中に、手代はさらに言った。

「お米の値があがり、世間の不平不満が広がっていますのでね」

「ほお。不平不満が広がっていると」

お女中ではなく、供の侍が訊きかえした。

手代は、さようで、と頷いた。

「そうなるとまた打毀しが起こりはせぬかと、気がかりなことでございます」

「しかし今年は米の作柄もまずまずと聞いておりますが」

供侍がまた言った。

米の作柄？　と、手代は武家奉公の供侍の物言いに少々違和を覚えたが、

「は、はい。そういうことではございますが、やはりこのまま高値が続きますと」

と、お女中を見つめ、微笑《ほほえ》んだ。

お女中は手代へ笑みをかえし、それには応えず反物を触《さわ》っていた。

それから手代は八丈《はちじょう》や紗綾《さや》などの反物も広げたが、結局、

「本日はご用があって急ぎますゆえ、日を改めてうかがうことにいたす」

と、それも供侍が言い、買い求めずに店を辞した。

手代は小僧とともに店の外までお女中一行を、「またのお越しをお待ちいたしております」と腰を折り見送った。

ただ、お女中が名乗らぬのでどちらのご家中《かちゅう》かは訊ねなかった。

御高祖頭巾を解かず、それにほとんど口をきかなかったことに気付き、今日はご代参の途中の寄り道なのではばかりがあったのだね、と思った。

それにしても、お女中に気を取られて菅笠を取らなかった供侍をちゃんと見なかったが、背筋の伸びた美丈夫の風貌と、中間は六尺四、五寸はありそうな大男で担いだ挟箱が小箱に見えた。

手代は、狂言に出てきそうな、と一行が歩み去る様子におかしみを覚えていた。

大江勘句郎は御高祖頭巾をかぶった奥勤めらしきお女中と目が遇《あ》ったとき、ぎょっ

とした。

そのお女中と供侍らといき合ったのは、大江が文彦を従え呉服橋を渡ってきたところでだった。お女中は町方が珍しいのか、興味深げな目を大江へ投げつつ濠端《ほりばた》の通りを南へ取っていた。

いき合うとき、お女中が艶然《えんぜん》と笑いかけてきた気がしたのだ。

むろん大江は、それっぱかりの笑みに惑わされるほど初心《うぶ》ではなかった。

けれども、汚れ仕事と悪事に染まる役得を天秤《てんびん》にかけつつ長年こなしてきた町方の勘が働いて、お女中と痩軀の背の高い供侍、大男の中間の三人連れを、ふと、訝しんだのだった。

中間の担ぐ挟箱の家紋は、見覚えがなかった。

大名諸侯、旗本ぐらいなら大旨《おおむね》わかる。

どっかの藩の陪臣《またもの》か――大江は呟いた。

「旦那、何かありやしたか」

でっぷりと太った文彦が、三人の後姿を見送っている大江に問いかけた。

大江は十年ほど前より、若いころから深川の地廻りをやっていて、深川界隈《かいわい》の盛り場で多少顔の利く赤鼬《あかいたち》の文彦というおやじを手先に使っていた。

「おやじ、あの三人連れ、どう思う」

大江は、同じ四十五歳の文彦へ横顔のまま、訊きかえした。

え？と文彦は血の廻りの鈍い灰色の眼差しを歩き去る三人へ流し、

「どうって、と言いやすと……」

と、舌舐《したな》めずりをした。

「だからよ。どう見ても、あのお女中の拵えは武家の奥仕えだな」

「へえ、そう見えやす」

「供侍と中間が付くほどの奥仕えのお女中がだよ、なぜ供の女中を連れていねえ。普通、表に使いに出るときは供の女中を従えているもんだろう」

「けど、近ごろはお武家も台所が苦しくって、相当の大家でも昔のようには身分体裁をつくろえねえお武家が多くなっておりやすからねえ」

「多くなっていてもだ、供の女中を従えていねえのは、あの三人連れが奥仕えのお女中を偽った一行かも知れねえんじゃねえか」

「ええっ。じゃあ、あの三人連れは何者なんで？」

濠端の通りかかりが二人へ振り向いた。

「大きな声を出すんじゃねえ。万が一だ、そう疑える場合もあると言ってんだ」

「なんのために、あいつらが偽るんでやすか」

「ちぇ、面倒臭え野郎だな」

文彦は血の廻りは鈍いが、深川の盛り場や裏街道に流れている噂《うわさ》や評判を集めるのには重宝していた男だった。

「いいから、でけえ腹を引っこめて気付かれねえように付いてきな」

大江は怒り肩を包んだ黒羽織を翻した。

三人連れは、曲輪下《くるわした》濠端を延々とたどり数寄屋《すきや》河岸で東南へ道を折れた。道なりにいって尾張町の辻《つじ》を東海道へ通じる街道へ出て、汐留川《しおどめがわ》に架かる新橋を渡り、朝の人通りの賑《にぎ》やかな街道をのどかに歩んでいった。

そのままいけば、芝神明《しばしんめい》の参道の辻や増上寺《ぞうじょうじ》の大門へ出る辻に出る。増上寺や芝神明の参拝か、藩の下屋敷へ使いか、通りは金杉橋《かなすぎばし》を越えて三田、そして三田の先は品川宿までつながっている。

大江は考えながら、三人連れの後姿が見え隠れする程度の間を保ち、のらりくらりと道筋を取った。

三人連れに怪しい素振りは見えなかった。

ただ、それはそんな気がしただけだが、御高祖頭巾のお女中が、とき折り、もの言いたげに後ろへ振りかえり、誰かが追い付くのを待っているふうに見えた。

気付かれずに人を付ける仕事に慣れた大江は、むろん、お女中に見付からぬよう物陰に身を隠す技を心得ていた。

とは言え、三人連れへの不審とともに、なんだあの女、誰を待っている、という女への好奇な覚えが、腹の底に湧いていたことも確かだった。

大江に艶然と笑みを投げたあの目が脳裡《のうり》にちらついた。

けれども、三人連れは芝神明と増上寺の辻もすぎた。

ほどなく、濱松町《はままつちょう》の二丁目から三丁目に差しかかった。

「旦那、やつら、どこまでいくんですかね」

文彦が太い腹をはずませながら訊いた。

「やっぱり三田、品川あたりまでかな……」

そう呟いたとき、三人連れが濱松町三丁目の横町を海側へ折れた。

お女中がまた、ちらと大江の方へ目を投げた。そう見えた。やべえ。大江は天水桶《てんすいおけ》の陰に身をひそませた。

何も気付かない文彦が、きょとんと大江を見つめていた。

この馬鹿、何ぼさっと突っ立っていやがるんだ、と思ったがもう遅い。

まあいいか――と、横町の辻へ急いだ。

曲がり角からのぞくと、横町の突き当たりをあのでかい中間の黒看板と挟箱が右に折れるところだった。

突き当たりの町は新網北町《しんあみきたちょう》、新網北町の先の海岸沿いに紀伊《きい》家の下屋敷と、入り堀を挟んで新網南町《しんあみみなみちょう》の海沿いには松平家の下屋敷が漆喰《しっくい》の白壁を廻らしている。

海からの入り堀は両家下屋敷と南北の町地をわけ、河岸場には漁師船や釣船、荷船《にぶね》が繋留されていた。

大江は小走りになり、三人が折れた角から様子をうかがった。

道の先に堀留があり、数艘の船の舫《もや》ってあるのが見えたが、三人連れの姿は消えていた。表通りをはずれたこのあたりは町地が入り組んでいるにもかかわらず、閑散として人影がなかった。

急いで駆け、東側の海へ延びた入り堀の堀留へ出た。

入り堀は町地の堤道に挟まれ、小橋をくぐった先、紀伊松平両家の下屋敷の高い石垣堤の間を抜けて、遅い午後の光が差す青い海へつながっていた。

下屋敷の白壁を越え、松が入り堀の上にまで枝を伸ばしていた。

入り堀の堤道を見渡したが、三人の姿はなかった。

北町の堤道の突き当たりが紀伊家下屋敷の裏門になっているらしく、裏門にも小橋が架かっていた。裏門は固く閉じられている。

そうか、紀伊家のお女中だったかもな、と大江は拍子抜けした。

ちぇ――舌打ちをしたとき、入り堀に浮かんだ船の一艘へ目が釘付《くぎづ》けになった。

それは低い掩蓋《えんがい》のある二挺立てのきりぎりすだった。

きりぎりす？

一瞬、訝ったが、きりぎりすなど別段珍しくはない。

そのきりぎりすの掩蓋から白い女の手がこぼれ、堤端の誰ぞに、おいでおいで、の誘うふうな仕種をしているではないか。

誰の手なのかは、姿形は掩蓋に隠れて見えない。

まさか、あのお女中かよ――大江は生唾《なまつば》を飲んだ。

あの一見高貴な艶《つや》めいたお女中は、新手《あらて》の船饅頭《ふなまんじゅう》？　と勝手に合点《がてん》した。

船饅頭とは船を使って春を販《ひさ》ぐ私娼である。

大江は入り堀端の堤道を見廻した。

道を急いできたため息を荒らげている文彦のおやじしかいない。

船頭の姿も見えなかった。間違いなく、おいでおいで、は大江を誘っている。お女中の艶然とした笑みが、またちらついた。

「あのきりぎりすが怪しい。ちょいと中を確かめてくるからよ。おめえは、ここで見張ってろ」

「へえ？　旦那おひとりで、でえじょうぶでやすか」

「でえじょうぶさ。何かあったら呼ぶ。怪しいやつがいねえか、よおく見張ってるんだぜ」

大江は堤の雁木《がんぎ》を、用心しつつおりた。

堤道にひとり残された文彦は、大江の旦那が雁木をくだり、水縁から船を繋留してある杭をつかんで船縁にあがるのを見守った。

大江の旦那は朱房《しゅぶさ》の十手《じって》を出し、掩蓋の奥をのぞくように腰をかがめ、おいでおいでの白い手へ近寄っていく。

すると、旦那が差し出した十手の先を白い手がひょいと握るのが見えた。

文彦は、あれっ、と思った。

大江の旦那が、十手とともにするすると掩蓋の中に引きこまれたのだ。

その瞬間、ごん、と後ろから頭に一撃を浴びた。

入り堀やきりぎりすが急にゆれ始め、目が霞《かす》んだ。

文彦の倒れる身体の両脇を誰かが抱え、板塀と板塀の間へ引きずられていくのがそのときのことを覚えている最後だった。

大江勘句郎は何も見えない暗闇の中で、気が付いた。

落としていた首を持ちあげると、頭の後ろがずきずきと痛んだ。それで、新網北町の入り堀のきりぎりすでお女中の笑みに誘われ掩蓋へ入った途端、背後から何者かに殴打されたことを思い出した。

それから後のことは何も思い出せない。

かたかたと金具が鳴って、その金具に手足を厳重に括《くく》り付けられ、板壁のような物に凭《もた》れかかり座っているのが知れた。

ここがどこかまったくわからないし、周りはもちろんのこと、自分の手足すら見えなかった。

瘴気《しょうき》のような生ぬるい湿り気が顔にまとわり付き、闇の静寂が伸《の》しかかっていた。

一瞬大江は、墓場に埋められた桶の中にいるのではと錯覚した。

生き埋めだ。

恐怖の叫び声をあげた。だが、猿轡《さるぐつわ》を嚙《か》まされており、うなることしかできなかった。上体に力を入れてねじると、金具が鳴った。

すると、すぐ隣で呻き声がした。

誰かいる。ひとりじゃねえ。文彦か。おやじか……と大江はうなった。

そのとき、暗がりの中で金具が鳴って、前方の天井から明かりが差した。

天井に架かる梯子《はしご》が見え、畳二枚ほどの周囲を板塀が囲い、莚莫蓙《むしろござ》に座らされているのがわかった。莫蓙の下は冷たい石土間だった。

隣に腹の太い文彦のおやじが見えた。

猿轡に両手両足を縛《いまし》めた縄が、自身番のほたのような壁の金具に括り付けてある。

首をひねり凭れた壁を見あげると、大江を縛った縄も壁のほたにつながっていた。

身体を動かすたびにそれがかたかたかたと鳴る。

そしてもっと驚いたことは、文彦と反対側の隣に、蓬莱屋岸右衛門、白石屋六三郎、山福屋太兵衛、の三人が文彦と同じ格好で縛られ、うな垂れていたのだった。

ぐうううう……

猿轡のまま再び叫んでいた。

それから背筋が凍り付いた。

天井の薄明かりから人の話し声が聞こえた。

やがて人影が梯子をおりてきた。大江は目を見張った。ひとつ、二つ、三つ……

天井の戸をふさいだ三人目が手燭《てしょく》を持っていた。

影は、低い天井に頭がつかえぬよう身体を折り曲げ、板壁に括り付けられた大江と文彦の前へ近寄ってくる。

二つの影が、大江と二尺ほどの間を置いて片膝を突いた。

そしてもうひとつは、梯子の下にかがんで手燭の明かりをかざした。

大江は震えながら見つめた。

三つの影は前が翁、次が烏、そして鬼だった。

翁は、はかなんだ笑みを大江にじっとそそいでいた。烏も鬼も動かなかった。

恐怖で、身体の震えが止まらなかった。

文彦は呻き声をあげたものの、まだ目覚めない。

蓬萊屋らは置き石みたいに動かなかった。

大江は翁の面が恐ろしくて、ぎゅっと目を閉じた。

長い沈黙がすぎた。

「気が付いたようだな。大江勘句郎、われらがまぎれもなく、おまえら町方の探しているかどわかしの一味だ」

そう言った翁の顔がかすかにゆれた。

「どうだ、われらについにこうして遇《あ》った気分は。おまえが隠密探索の指揮を取っているのだろう」

大江はわけもわからず首を激しく横に振った。

「おまえと少し、話をしたい。おまえも訊きたいことがあるだろう。猿轡を解いてやるが、大きな声を出せばまた気を失うか命を失うか、どちらかになる。いいな」

大江は翁に繰りかえし頷いた。

翁が猿轡をはずした。息苦しさから解かれ、大江は荒い息をついて翁を見あげた。

翁の目の奥からのぞく、もうひとつの目が動いた。

「おまえがかどわかされたわけが、わかるか」

翁の問いに大江はうな垂れ、首を横に振った。それから、

「おれの名を、なぜ知っている」

と聞いた。

「昔から知っている。おまえの顔を忘れたことはない」

「昔から？　おれが、あんたらに何をした」

かすれた声で聞いた。

「それをおまえが知ろうが知るまいが、今さらどうでもいい。ただ、おまえに報《むく》いを受けさせるために、かどわかした」

「おれはお奉行さまの指図に従って務めを果たしているだけだ。高が米屋のかどわかしなど、おれにはかかわりがねえ。恨むならお奉行さまを恨みやがれ」

大江は懸命に顔をあげ、強がった。

「大江、おれの顔が見えるか。面の下におれのまことの顔がある。おまえは町方の仮面をかぶっていても町方の仮面の下には獣《けもの》の顔がある。獣がおまえのまことの顔だ。町方の仮面に隠れた獣が、弱き者より奪い、傷付け、蔑《さげす》み、凌辱《りょうじょく》した。それらすべての弱き者の遺恨が、この翁の面に刻まれている」

大江は唇を震わせた。

「ち、違う。おれは、天下の掟《おきて》を守るために働いているだけだ。それが、それを守ることが、町方の務めだからよ。厳しかったかも知れねえ。酷《むご》かったかも知れねえが、けどそれが天下の法度《はっと》だ。おれは間違っちゃあいねえ」

「この期《ご》に及んで、われらに上辺《うわべ》をつくろって何になる。おまえの正体はおまえ自身が一番よく知っているではないか」

「たた、確かに、悪さはした。けどよ、けど、そ、それはみんな天下の法度を守るための、ほほほ、方便さ。毒を以《も》って毒を制すと、言うじゃねえか。何もかも、て、天下の法度を守るためのさ」

「米一俵を奪えば盗っ人だ。米三千万石を奪えば天下さまだ。だが米三千万石を作った者は誰だ。天下さまではない。民《たみ》だ。民から奪った三千万石を民のために使わぬ天下ならば、天下の法度に理はない」

「そんなこと、言われてもよう、おれなんかにはわからねえよ、うっうっ……」

大江は堪《こら》えきれず、咽《むせ》った。

「大江、おまえの牙《きば》は民をただ煩《わずら》わしただけだ。おまえはいつか、報いを受けねばならなかった。そしてそのときがきたのだ」

翁が大江に猿轡を嚙ませようとした。

「まま、待ってくれ。おめえら、おれをどうする気だ」

大江が顔を左右に振って抗《あらが》った。

「頼む。命だけは、命だけは取らねえでくれ。か、金を払う。金で命を買う。おめえら、金が欲しいんだろう。おれだって、千両以上持っている。ぜんぶ、ぜんぶおめえらにやるからよぉ」

「大江、一介の町方同心になぜそれほどの蓄えができた」

「こつこつ、付け届けを溜《た》めたんだ。みんな、やってることだ。お奉行さまだってお目付さまだってよう。みんなよう……おめえらだって、盗っ人、ぐぐぐ」

大江の口に猿轡が嚙まされた。

「どのような報いか、いずれわかる。待ってろ」

翁が耳元で言った。すると烏が、

「一日の決めたときに雪隠《せっちん》に連れていく。用が足したくなってもそれまで我慢するんだぜ。垂れ流すのは勝手だが、この中で垂れ流して辛《つれ》えのは、おまえらだからな。言っておくぞ。気を付けろ」

と、やはり面の下のくぐもった声で言った。

手燭が消え、三つの影が梯子をのぼって天井の明かりの中に消えていくのが見えた。

元の暗闇と墓場のような静寂に残されると、大江は涙を堪えられなかった。

咽び泣く己の声が、漆黒の闇の中では他人の声に聞えた。

うう……

くくくく……

うん？　と大江はわれにかえった。おのれの咽び泣きに別の声が交じっていた。隣でさっきまで呻き声をあげていた文彦の声だった。

文彦が気が付き、ともに泣いているようだった。

「ううう、うううう？」

大江はうなり声だけで、文彦に呼びかけた。

ぐふ、くくく……

だがそれは、咽び泣きの声ではなかった。

文彦は笑っていた。大江が咽び泣いているのを、笑っていたのだ。

くくく……くく、くくく……

闇の中に文彦の嘲《あざけ》るような声が、流れ出た。

隣の蓬萊屋が拘束する金具を、わずらわしそうに鳴らす音が闇の中に聞こえた。

四

隅田川《すみだがわ》は満天の星空に覆われ、漆黒の彼方に架かった半月が見あげられた。

川筋の南側下流には大川橋の黒い橋脚の影が、星空を背景に浮かんでいた。

両岸の向島《むこうじま》も浅草山谷も今はもう寝静まり、川中に碇《いかり》を打って流されるのを止めた艀《はしけ》が滔々《とうとう》と続く流れにゆるやかに波打つばかりだった。

浅草の町地より向島へ、犬の長吠《ながぼ》えが物悲しげに夜空を響き渡っていった。

川魚が川縁《かわべり》で跳ねる音が、ぽちゃり、と離れた川中の艀にも聞こえるくらい隅田川は静まりかえっていた。

やがて、艀の表船梁《ふなばり》に腰かけた男が艫《とも》の船頭に、低く冷やかに言った。

「そろそろだ。間もなくくるぞ」

「承知」

船頭は艫にかがんで、上流の闇の彼方へ気を配っていた。

男らは手拭《てぬぐい》を男かぶりにし、表船梁の方は手代風体に変えていた。

どちらも北御番所の平同心で、腕利きだった。

人選は、その夜の捕物の指図をする同心青木慎太郎が決めた。

むろん、当番方与力も出役《しゅつやく》しているが、現場《げんじょう》の采配《さいはい》は同心が取る。

両岸には夜の帳に隠れて見えないけれども、南北両御番所の同心や小者《こもの》、中間、さらに同心が抱える江戸中の岡っ引らが、それぞれ得物《えもの》やまだ火を灯さないご用提灯を手にし、隙間なく固めていた。

また河岸場や隅田川につながる川や入り堀の出入り口は、捕り方や公儀船手方の水練を得手とする水夫らを乗せた屋根船が船影をひそめていた。

艀のさな板に角行灯が置いてあり、ほの明かりが塗りこめられた暗闇に孤舟と周辺の水面《みなも》を丸くくるんでいた。

行灯の明かりは、艀に積んだ千両箱を照らしていた。

千両箱は三つ、二つ、ひとつ、と三段に重ねてある。

艀の平同心らは、念のため脇差を藁莫蓙《わらござ》にくるんで足元の船板に隠している。

同心は武者震いが止まらなかった。

初めての大捕物だった。

と、暗闇の上流の方からかすかな軋《きし》みが聞こえてきた。

「何か、くる」

艫の船頭が表船梁の同心へ声を忍ばせた。

同心は船梁から千両小判の側へ忍び足を運び、それを守るかのように手をかけた。

船縁を小波《さざなみ》の打つ音が聞こえた。

「聞こえた。間違いない。船がくる」

掌で冷たい千両箱に触れつつ、上流の暗がりを透かし見た。

同心の鼓動が激しく鳴った。

何かが正体を現すまで、ほんのわずかの間だった。

二挺立てきりぎりすの船影を認めたのは、それからほどもない。

人影が二つあった。ひとつは棹を使い、ひとつは櫓をゆっくりと漕いでいる。

双方とも、声をかけ合うことはなかった。

船影はゆっくりと、しかし流れにのってすみやかに近付いてくる。

高まる緊迫が、闇を引き裂きそうだった。

不意に、ぎりぎりの緊迫を解きほぐすように船影から声が投げられた。

「船頭、行灯の側に立て。指示した通り二人だけか見せろ」

夜の冷たさに似合った澄んだ声だった。

船頭が艫から胴船梁の千両箱の傍らにきて、二人の男は立ちあがった。

艀がわずかに傾《かし》ぐ。

「いいだろう。それは千両箱だな」

「六つある」

同心が闇の彼方へかえした。

すると、ふうっと頬《ほお》を撫《な》でる風が起こって、川上からきりぎりすが船板と掩蓋の船体を現した。棹と櫓を握る二人は黒装束に全身を包んでいた。

二人は脇差を一本、腰に帯びているのみだった。

だがそこに浮かびあがる顔は、翁と鬼の面に隠れていた。

それはまるで、黄泉《よみ》の国から翁が鬼を引き連れ現世へ舞い戻ってきたかのようであった。

いや、おれが黄泉の国へさまよいこんだのか、同心はそんな錯覚に捉《とら》えられた。

きりぎりすが艀に並んで、船縁が咳払《せきばら》いをしたかのように鳴った。

舳《みよし》に立った翁は長身痩軀だったが、艫の鬼はさらに巨体だった。

同心は唾《つば》を飲んだ。

「三人は中にいる。確かめろ。こちらは千両箱の中身を確かめる」

同心は手燭に明かりを灯し、きりぎりすへ乗りこんだ。

掩蓋の中から黒ずくめの烏と猿が現れ、同心といき違った。

掩蓋の中に、見覚えのある蓬莱屋と白石屋、山福屋の三人が、猿轡と手鎖に縛られてそれぞれつながり、座っていた。

「助けにきました。お三方《さんかた》とも無事ですね」

同心は三人の猿轡をはずした。

「ぶはあ、た、助かったあ」

「礼を、礼を、言います」

「ああ、嬉《うれ》しい」

三人は同心へすがるように潤んだ目を投げた。

呼吸が荒かった。

「間違いねえ。みな小判だ」

千両箱の蓋《ふた》を開け閉めする音と一緒に声が聞こえた。

「よし、三人を連れていけ」

翁が掩蓋の外にかがみ、同心に言った。

「まずは船を移りましょう。縄はそこで解《と》きます」

同心は三人をいたわりつつ導き、掩蓋を這《は》い出、艀へ移らせた。

船頭がよろめく主人らをひとりずつ支え、艀のさな板に座らせた。

三人は安堵《あんど》したのか、すすり泣きながら喜び合った。

一方、鬼と鳥と猿は六つの千両箱をきりぎりすへ運んでいた。

二つの船がゆれ、ごと、ごと、と船縁が触れ合った。

最後に艀へ戻った同心が翁に言った。

「これでいいな。われらはいくぞ」

「異存はない。いけ」

と、応えた翁の足元に畚《もっこ》が二つ転がっているのを同心は認めた。

一瞬、不審を覚えた。

だが同心の役割は三人を無事に連れ戻すことだった。

「戻るぞ」

船頭に言った。

船頭は艫に碇をあげ、櫓を取った。

櫓の軋みとともに、艀はきりぎりすから離れていく。

三人の安堵のすすり泣きがまだ続いていた。

きりぎりすに佇《たたず》んだ翁と烏、猿と鬼の四つの黒装束が、同心らを見ていた。

やがてきりぎりすは川中の黒い影に染まって、ゆるやかに川下へ滑り始めた。

そうして見えなくなった。

艀が山谷堀の河口の川縁へ着いた。

奉行所の役人や店の番頭や手代らが慌《あわ》てて走り出てきて、艀を迎えた。

「ああ、旦那さま」

「ご無事で、何よりでございます」

「済まなかった」

「心配を、かけたなあ」

「旦那さま、案じておりました」

などと、呼び合う声とすすり泣く声が川縁の暗がりの中で交錯した。

そのときだ――

ぴぃぃい、ぴぃぃい……

捕り方の吹く呼子が夜空を鋭く引き裂いた。

呼子が遠く近く、次々と呼応して鳴り渡った。

ときを同じくして、星明かりと半月しかなかった隅田川と両岸にご用提灯が明々と灯り始めた。

同心は艀から振りかえり、隅田川が両岸の夥《おびただ》しいご用提灯に照らされ、くっきりと浮かびあがるのを見た。

ご用提灯の灯は、遠く離れた大川橋にも走っていた。

四方から屋根船や艀が、ご用提灯を舳にかざし川中へと漕ぎ集まっていく。

櫓が軋り、

「ご用だ。その船、止まれえっ」

と、捕り方らの叫ぶ声が飛び交った。

そのご用提灯の群がり迫る先にあのきりぎりすの船影がただ一艘、死地へ赴く孤独な武者のように川下へとくだっていた。

若い同心は束の間、なぜかかすかな後ろめたさを覚えた。


ぴぃぃぃ、ぴぃぃぃ……

呼子が四方で鳴り響き、ご用提灯が両岸を走り、川の前方、そして後ろからも迫ってきた。

多勢の興奮した低いどよめきのようなものが、川筋に轟《とどろ》いていた。

「きやがった、きやがった」

猿が拳《こぶし》を突きあげて叫んでいた。

「いくらでもきやがれ。相手になってやるぜ」

猿は激しく昂《たか》ぶっていた。

ご用だ、ご用だ……の声が呪文《じゅもん》のように周囲を廻っていた。

ほどなく、捕り方を満載した屋根船や艀がご用提灯をかざして前後左右からきりぎりすを囲んだ。

「悪党ども、もはやこれまで。神妙に縛《ばく》に付け」

艀の舳に立った同心青木慎太郎が喚《わめ》いた。

翁が周囲を見廻してから、青木を睨んだ。

「交換が済めば手出しはせぬ。それを承知したはずだぞ」

翁が声を轟かせた。

「戯《たわ》けが。われら町方を甘く見たな。悪事を働いて無事逃げられると思っていたか。ここから先、どぶ鼠一匹逃がさん」

「われらを謀《たばか》ったか。よかろう、町方役人ども、相手になってやる」

翁が背後の鳥に命じた。

「二人を出せ」

「おお……」

鳥が畚を解き、猿轡を嚙ませ後手《うしろで》に緊縛した大江と文彦を引きずり出した。

大江は船底に転がり、呻き声をあげた。

鳥は大江を翁の後ろへ立たせ、髷《まげ》をつかんでうな垂れた顔を四周のご用提灯の明かりに晒《さら》した。

「これを見よ」

翁が言い放った。

わあああ……四周からどよめきが沸きあがった。

翁が腰の一刀を抜き放ち、振りかえりざま、大江の正面に上段から打ち落とした。

大江の猿轡が斬《き》り落とされ、落葉のように同心の黒羽織の肩から滑り落ちた。

すると、「ご用だ」の声は急速にしぼんでいった。

翁は大江の首筋に刀を当て、

「われらの行く手を邪魔《じゃま》するなら、この男の命はない。提灯を照らして見るがいい。おまえらの朋輩《ほうばい》、北町奉行所定町廻り方大江勘句郎だ」

と、澄み切った声を高らかに放った。

大江が、いやだいやだと、首を左右に振った。

「じたばたするな」

烏が大江を押さえ、猿が前へきて大江の頬へ拳を喰《く》らわせた。

大江は悲鳴とも泣き声ともつかぬ声をあげた。

捕り方の指図をしていた青木は、開いた口がふさがらなかった。

今夜の捕物の指図は大江が取るはずだった。

ところが昨夜《ゆうべ》から大江が行方《ゆくえ》をくらませた。

今朝になっても姿が見えない。

だが青木は、隠密の単独行動を取っているのだと思った。

何か腹案があって隠密行動を取り、独自に手柄を立てようと計る、日ごろの大江にはそういう小癪《こしゃく》さがあったから、青木は不審に思わなかった。

そ、それが、なんたることだ……

青木の全身から血の気《け》が退《ひ》いた。

「手を引けえ。手を出すなあっ」

叫んだのはきりぎりすの舳に立たされた大江だった。

「手を出すなあ……た、助けて、助けてくれえ」

それから大江の声が嗚咽《おえつ》に変わった。

四周を囲んだ町方の船は、声を失っていた。

きりぎりすは悠々と川下へ滑っていく。

事態をつかんでいない両岸の灯が川下へ走った。

「どうする。朋輩を見殺しにするか」

翁は青木へ顔を向けていた。

くそうっ。青木は歯軋りした。

朱房の十手を船縁に叩き付けた。

その仕種を見て翁が、くぐもった笑い声を明かりの中へ振りまいた。

「どうなんだいっ」

猿が叫んだ。

てててて……

青木は唇を歪めた。

「手を、引けえっ。手出しするなあっ」

捕り方へ命じた。

手を引けえ、の声が捕り方らの間に次々と伝播《でんぱ》し、やがてそれが両岸の捕り方にも伝わった。

ご用提灯の灯が止まって、両堤に低いざわめきが起こった。

しかし、川筋は再び夜の静寂に包まれた。

囲みが解かれ、きりぎりすが悠々と滑っていくのを捕り方たちはなす術《すべ》もなく見守っていたのだった。事情が陸にも伝わっていた。

大江のすすり泣きが、後悔と無念とひ弱さをまき散らしていた。

大江は力なくさな板へ腰を落とした。

大川橋をくぐり、ご用提灯の灯は川上に小さくなった。

「やったあ、やったぜ」

猿が後方の灯を見つめ、はしゃいだ。

翁が刀を納め、再び棹を取った。

静かな大川の川筋に、大江のすすり泣きはまだ続いていた。

遠くの犬の長吠えが聞こえた。

「大江、命までは取らぬ。泣くな」

傍らの文彦は、大江の旦那を睨んで不貞腐れていた。

五

日本橋南詰め、元四日市町《もとよっかいちちょう》の晒場《さらしば》の西側正面に、江戸の大高札場《だいこうさつば》六箇所のひとつ、日本橋大高札場がある。

土台の一尺半ほどの石垣の上に柵《さく》が廻らされ、瓦屋根《かわらやね》の下に制札《せいさつ》が掲げられている。

制札はひとつではなく、切支丹《キリシタン》などの禁令の条項を列記した禁制、違反者を罰する定《さだめ》、あるいは訴え出た者への褒美《ほうび》などの触書《ふれがき》も公布されている。

江戸の中心日本橋は、五街道や江戸追放の刑罰の起点になっていて、貴賤老若《きせんろうにゃく》、旅人に騎馬、駕籠《かご》、のぼる人くだる人、ゆく人帰る人が後を絶たず、橋の袂《たもと》の河岸場には「駒形《こまがた》、両国、金竜山《きんりゅうざん》まで乗合ぃぃ」と、客を呼ぶ乗合船も就航していた。日本橋から江戸橋の間、日本橋川北堤には魚河岸があり、南堤に五大力船の舫う木更津河岸があった。

しかし、昼夜をわかたず賑わうそんな日本橋であっても、真夜中の九ツをすぎて七ツ立ちまでの二刻《ふたとき》ばかりは人通りが途絶え、夜の闇が支配する。

日本橋通りの自身番が高札場を見張る役目を負っているが、その夜の店番はそれに気付かなかった。

夜明け前、早立ちの旅人らが不審に思い始め、自身番の見張役が不審に気付いて慌《あわ》てて飛び出してきたころには、あたりが明るくなって廻りに人だかりができていた。

人だかりが囲んでいたのは、日本橋大高札場の囲いの柵の根元に置き捨てられた二つの畚《もっこ》にくるんだ荷物だった。

畚の中にはどうやら獣が入っているらしく、無気味なうなり声と蠢《うごめ》いている様子がわかった。

うなり声が聞こえ、蠢くたびに人だかりの間からざわめきが起こった。

自身番の見張役は、畚を縛った莚縄を解いて中を確かめようとはしなかった。

中からどんな恐ろしい獣が飛び出てくるやらわからないし、何よりも畚には達筆な文字で触書が貼り付けてあったためだ。

「お侍さん、あれはなんて書いてありやすんで。ちょいと読んでいただけやせんか」

字の読めない駕籠かきが通りかかりの侍に頼んだ。

「ふむ。あれはな、触書《ふれがき》と書いてある」

侍は声に出して読み始めた。

触書
御目付鳥居耀蔵さまのお陰を持ち、買占め売り控えをほしいままにし米の値段を操り暴利を貪る堀江町商人蓬莱屋岸右衛門、伊勢町白石屋六三郎、本船町山福屋太兵衛の身代金、無事、頂戴《ちょうだい》いたし候。

よって河岸八町米仲買仲間相談役御目付鳥居耀蔵さまへ、身代金の分け前および御礼の献上の品にてござ候。何とぞ御納め願い上げ奉《たてまつ》り候。

尚、下々の者、御目付鳥居耀蔵さま献上の品に触るるは厳に慎むべき事。

天保世直党

「てんぽうよなおしとう？　そいつの仕業《しわざ》でやすか。てんぽうよなおしとうってえのは何屋でやすか」

　駕籠かきが侍に訊ねた。

「何屋と言ったって、何かよからぬことを仕出かした悪人どもらであろうな。記してあることから、そう読める」

　駕籠かきが相棒に「天保なんたらの仕業だとよ」と言葉をかけ、相棒はわかったのかわからないのか、ただ目を丸くした。

「お侍さん、とりいようぞう、ってえお方は身分の高えお侍さんでやすか」

「うん？　おまえ、鳥居耀蔵さまを知らんのか。鳥居さまはな、お目付というご公儀の大事なお役目に就いておられるお旗本だ。剃刀《かみそり》耀蔵と言われておるし、厳しいお方ゆえ、蝮《まむし》、妖怪《ようかい》、と悪口を言う者もおる」

「剃刀やら蝮やら妖怪やらと、そんな恐しげなお役人さまが、天保なんたらとお仲間なんでやすか」

「そうではない。鳥居さまになんぞ遺恨があるのかないのか、それはわからぬが、あのような戯《ざ》れ言《ごと》を弄《もてあそ》んで挑んでおるのだ」

「挑む？　誰と誰がでやすか」

「だから天保世直党なる一味がお目付の鳥居さまにだよ。鳥居耀蔵、われらを捕まえられるものなら捕まえてみろと、あれはそういう魂胆に読める」

駕籠かきと相棒がそこで「すげえ」と、顔を見合わせた。

人だかりのあちこちから、触書を読んでどよめきや笑い声が起こっていた。

そんな中、自身番から奉行所へ知らせが走っていった。

自身番の見張役は、増える一方の野次馬が荷物に近付き触れるのを制するのに追われていた。

知らせを受けて北町奉行所の同心が日本橋の高札場にきたのは、およそ四半刻後の明け六ツだった。まだ朝早い刻限にもかかわらず、高札場には大変な人だかりができていた。

高札場にきた番方の同心には、昨夜の蓬萊屋、白石屋、山福屋の救出と、賊の一味捕縛の捕物が、結局、六千両は奪われ一味も取り逃がした顚末《てんまつ》を知らされていた。

三人を無事救出し、表向き面目は立った。

だが奉行所内では、同心大江勘句郎と手先文彦が新たにかどわかされ、内実は大失態だった、という動揺が広がっていた。

捕物の顚末の報告を受けた奉行の怒声が、暗いうちより奉行所内に響き渡っていた。

同心は、畚の中を確かめるべきかどうか、逡巡《しゅんじゅん》した。

目付鳥居耀蔵の評判を知らぬ町方はいなかった。

戯れ言であれ書かれてある名前が目付鳥居耀蔵と読めると、事なかれと常々願う軽輩の不浄役人町方同心が迷うのは無理もなかった。

これはお奉行さまの指図を待つべきではないか、とぐずぐずしているところへ組頭の与力が現れ、協議の結果、ここはやはり中の荷を確かめ、そのうえでお奉行さまの指図を仰ぐべきだという判断にいたった。

町方与力と同心が畚へ近付き、同心に従う手先が莚縄を恐る恐る解き始めた。

同心は刀の柄《つか》を握り、抜刀の体勢で身構えていた。野次馬のざわめきが静まり、何が出てくるのか、みな固唾《かたず》を呑んで見守った。

縄が解かれ、次第に畚が開かれた。

途端、手先は奇声をあげて飛び退《の》いた。

畚がゆっくり横倒しになった。開いた畚の中から、猿轡をかまされ晒縄に緊縛された大江勘句郎の上半身が倒れ出た。

隣の畚からは手先の文彦が同じように転がり出た。

同心も与力も、手先も自身番の町役人らも野次馬も、みなが一瞬固まって大江と文彦を見つめた。

大江は青黒く顔を歪ませ、蛆虫《うじむし》のように上体をもがかせていた。

だが、きつい縛めが大江に自由を許さなかった。

と、高札場の周りに固まっていた野次馬の間から、喚声がどっと沸きあがった。


この出来事は、昼ごろまでにはもう江戸市中の隅々に広まっていた。

評判、評判……の売り声をあげ辻々で瓦版を売り歩く読売の周りは、どこでも人だかりになった。

中でも木挽町の読売屋花田勘弥の瓦版は、同心大江かどわかしと大捕物の失敗を前面に掲げて売り出していた。

《北御番所同心大江勘句郎、かどわかさる。怪盗団一味天保世直党取り逃がしの大失態。な、なんと身代金数千両を奪って逃走。面目丸潰れに御奉行さま怒り心頭、謹慎申し付け》

と、大江の不始末を皮肉な調子で書き立て、米仲買商のかどわかしや身代金、鳥居耀蔵を名指しした触書などにあまり触れていないのは、年番方筆頭与力川北文吾の差し金らしかった。

庶民の間で米の値段が高止まりしたままの状態に不満が高まっているときだった。
表向きの理由は数年来の天候異変で米の不作が諸国で続き江戸への廻米《かいまい》が減ってい
るため、と町奉行所は説明していたが、米問屋や米仲買商が市中の米相場を釣り上げ
るために買占め売り惜しみを計っている実情に、庶民はみな気付いていた。
米の値が高止まりのため諸色があがり、庶民の暮らしが圧迫される悪循環を、御政
道を行なう公儀は黙認している。
天保四年、天保七、八年と続いた飢饉騒ぎがまだ記憶に新しいにもかかわらず、で
ある。
そんなさ中、米の買占め売り惜しみの張本人である米仲買商仲間らがかどわかされ、
奉行所は額を伏せているけれども、身代金数千両を奪われたのである。
庶民らの溜飲《りゅういん》がさがり、内心ではみな天保世直党なる一味に快哉《かいさい》をあげていた。
のみならず、今年四月、目付役に就いたばかりの鳥居耀蔵を戯れ言の的にしていた
ことにより、鳥居耀蔵が河岸八町米仲買仲間の相談役になって大枚の謝礼を手にして
おり、蓬萊屋と白石屋、山福屋はその仲買仲間の支配役だった実情も手代やら同業者
の間からもれ、たちまち庶民に知れ渡って非難を買った。
「道理でよ。お役人さまが仲買とつるんでるんじゃあ米の値が高くなるはずだぜ」

らくりか」

「おれっちの餓鬼《がき》が腹あすかせりゃあすかすほど、お役人さまと仲買は儲《もう》かるってか

「許せねえ。おらあ、天保世直党に味方するぜ」

「でえじょうぶだ。お目付さまに付け届けをしたんだから、世直党は鳥居さまのお目こぼしに与《あずか》るってわけさ。はは」

「そりゃあそうだ。ざまあ見やがれ。次はどこのどいつだ」

そんなやり取りが裏店の住人らの間で戯《たわむ》れに交わされた。

そして、米の高騰に手を打たぬ公儀へ歯向かう《怪盗団天保世直党》という庶民の人気者を、半日のうちに作り上げていた。

三之章　米河岸一揆

一

数日がすぎた。

天保世直党の人相書が、大高札場《だいこうさつば》に張り出された。

江戸の主な高札場は日本橋のほかに、浅草、常盤橋《ときわばし》、筋違橋《すじかいばし》、芝車橋、麴町《こうじまち》に立てられている。ほかにも高札場はあるが、大高札場はこの六箇所である。

大江勘句郎と手先をかどわかしたお女中一行に応対した呉服橋の呉服問屋後藤の手《て》代《だい》や小僧、またかどわかされた本人の大江自身や手先らの話を聞き集めて描いた人相書だった。

人相書は犯罪人、逃走者などの容貌の特色を記して、方々に配布する書き物である。

似顔絵ではない。

蓬萊屋ら三人の仲買商は、面をかぶった一味しか見ておらず、わかるのは一味が四人ということと背格好ぐらいだった。

しかしお女中一行は、お女中と供侍、中間《ちゅうげん》の三人だった。

大江の語ったところによれば、お女中はどうやら一味の小柄なひとりが女の姿に扮《ふん》装《そう》したものらしかった。

「御高祖頭巾《おこそずきん》をかぶって目しか出ていなかったからよ、わからなかったんだ」

と、病気療養と称してあれから八丁堀《はっちょうぼり》の組屋敷を一歩も出ていない大江が、訊き取りにきた青木慎太郎に萎《しお》れて応《こた》えたと言う。

ただ、みなが一致していたのは、なんでも供侍に扮していた頭立《かしらだ》った男は背が高く鼻筋の通ったなかなか面構《つらがま》えのいい男、というものだった。

深川三十三間堂のある入船町《いりふねちょう》の髪結床《かみゆいどこ》。小路《こうじ》の交わる角地にある床屋の、腰高障《こしだかしょう》子《じ》を開け放った表の辻《つじ》には、秋八月の午前の日差しが降りそそいでいた。

髪結の親方と客らが、朝から天保世直党の話題に花を咲かせていた。

「驚いたねえ。まったく前代未聞だぜ。町方《まちかた》があれほど厳重に固めた中をよ、知恵と度胸で見事に切り抜けるなんざあ玄人《くろうと》仕事だ。しかも死人はひとりも出していねえ。

大《て》えしたもんだぜ」

「お陰で町方は、大恥をかきやしたねえ」

剃出《すりだし》が目の細かい櫛《くし》で客の頭の垢《あか》おこしをしながら応えた。

「しょうがねえよ。相手が一枚も二枚も上手《うわて》なんだからさ」

客は剃出の垢おこしが気持ちよさげに目を細め、唇を尖《とが》らせて言った。

「お奉行の大草さまも、さぞかしご立腹でやしょうね」

「そりゃあ怒ってるだろう。大草さまにしちゃあ、一昨年、やっとお奉行さまになったのに、どうしてくれるんだ、ってわけさ。あははは……」

「鳥居耀蔵さまっておっかねえと評判のお目付がさ、町方にゃあ任せておけねえから、おれが乗り出して一味を捕まえるって息巻いているそうだぜ」

親方がつるつるに清剃《きよずり》をしている隣の客が、話に加わった。

「鳥居さまも格好がつかねえのさ。仲買仲間の相談役に収まってたんまり役料を手にしていたのが、仲間の元締め、行事役の三人と、無様《ぶざま》にも町方までかどわかされて千両箱はごっそり持っていかれ一味を取り逃がすわ、てめえは戯《ざ》れ文で仲買仲間の悪さに手心を加えたと名指しされるわじゃあ、ご公儀目付の面目丸潰《まるつぶ》れだぜ」

「大江勘句郎って町方は、鳥居さまとお奉行さまの連絡掛《がかり》だったそうでやすね」

剃出が糸索《いとなわ》でふけをしぼりあげ、髪の根をかいてかゆみを取り始めた。

「そうそう。あの大江はお目付とお奉行の両方に取り入って、米仲買の付け届けのおこぼれをたんまり懐《ふところ》へ溜《た》めこんでいたそうだ。大きな声じゃ言えねえが……」

と、客は声をひそめた。

「相当性質《たち》の悪い腐れ役人だって、噂《うわさ》だぜ」

「高札場に早速《さっそく》人相書が出たそうでやすね。四人の中のなんでも頭立った男は、いい男だそうでやすね」

「おれも聞いた。配下に天を衝《つ》く大男がいてよ、源為朝《みなもとのためとも》みてえな力持ちだって言うぜ」

「源為朝か。そいつあすげえ」

「傑作なのは、大江って同心は一味が扮装した女形《おやま》に色目使われ、ついふらふらとついていって、へなへなにされたってえ言うからな」

「そんないい女形なら、あっしもへなへなにされてみてえなあ」

「馬鹿なことを言うもんじゃねえ」

親方が剃出を横からたしなめた。

「人相書つってもよう、背丈はどうの、色が白いか黒いか、黒子《ほくろ》や痣《あざ》があるとかないとか書き並べているだけだからよ」

清剃の客が言った。

「いいんだよ、それで。人相書なんぞあてにならねえが、町方は追いつめてるぞってえところを見せないと立場がねえからよ。あはは……」

「なんだか、小気味いいっすね」

剃出が、しゃ、しゃ、と音をたて小気味よく髪をかき続けている。

「米相場を操る悪徳商人を懲《こ》らしめることで、天下のご政道にきっぱりと異議を申し立てる。そこがいいんだな」

「身代金って、世直党はどれぐらいせしめやがったのかね」

隣の客が興味津々《しんしん》に訊いた。

「そうだな。おれが思うにひとり二万両。三人で六万両はくだらねえな」

「ろ、ろ、六万両……」

剃出と客が目を丸くしたのを、清剃の親方が笑って遮《さえぎ》った。

「そんなにはいかねえでしょう。千両箱は箱の重さを加えると、ひとつ六貫を超えるって言いやすよ。ひとり二万両じゃあ〆《しめ》て百二十貫以上。一味数人で手分けしてもひとり分だけでも運びきれるもんじゃありやせん。せいぜい、ひとりに千両か二千両でやすよ」

「おや。親方は見てきたようなことを言うじゃねえか。千両箱を担いだことがあるのかい。それとも世直党の知り合いかい」

「あははは……担いだことも見たこともありやせんし、世直党と知り合いなら今ごろ髪結なんぞやっちゃあいませんよ」

そりゃそうだ、と親方と一緒に客らが笑った。

世直党を種にした読売《よみうり》が飛ぶように売れ、米相場はあれ以来暴落している。一日一日、桝《ます》の量り売りで米を買うその日暮らしの庶民にはありがたい相場だったが、それにもまして、日本橋高札場に置き捨てた畚《もっこ》の中から、かどわかされた町方同心大江勘句郎と手先が見付かったことも庶民には痛快事だった。

天保世直党――としたためた戯れ文が、庶民の日々の屈託を何ほどか解きほぐし、やってくれたぜ、前代未聞だ、大したもんだ、と話は尽きないのだった。

半刻《はんとき》後、髪結床で客や親方らの世直党の噂話を聞きつつ順番待ちをしていた二人の客が、深川八幡大鳥居をくぐった。

ひとりは五尺五寸ほどの小柄に浅黒く日焼けした顔とこけた頰《ほお》、幾ぶん反《そ》っ歯《ば》と目の鋭さが目立つ、船宿弁天の使用人代助である。

隣に、背が高く痩《や》せていて、少し笑っているみたいに歪《ゆが》めた唇とやや鷲鼻《わしばな》の筋の上に光る大きな目が物憂げでありながら不敵な若々しさを醸《かも》している男、船宿弁天主人吉治郎こと乱之介が並んでいた。

髪結床で髪を結い月代《さかやき》も剃《そ》ってさっぱりした二人は、境内《けいだい》の人出を縫って石畳を軽やかに踏んでいく。

陽気が満ちた境内をいき交う貴賤老若《きせんろうにゃく》は、木の葉が色づくのはまだ先だけれども、秋の薫風《くんぷう》に誘われ、浮き立つ様子である。

乱之介が白い雲がたなびく空を眩《まぶ》しく見あげた。

「代助兄さん、八幡さまの参拝を済ませたら永代寺へ寄ってみないか」

青空へ細めた目を向けたまま、ぽつりと言った。

いいね。いこう――代助ものびやかに応えた。

二人は富岡八幡の境内から銀杏《いちょう》や桂《かつら》、すだ椎《じい》、松、などの林間の小道をたどった。

八幡境内の賑《にぎ》やかさが途絶え、二人のほかに人通りはなかった。

「乱さん。永代寺本堂の床下をのぞいてみようぜ。あそこは覚えているだろう」

代助が悪戯《いたずら》小僧の口調で言った。

「忘れるわけがないさ」

「おれもいくのは久し振りだ。おれや羊太には雨露を凌《しの》いだ懐かしい場所だ」

「おれにも懐かしい。ただ、あそこはね、いくのがちょっと恐《こわ》いのさ」

「恐い? 何が恐いんだ」

「あそこの廻廊《かいろう》の床下は、ある男から逃げて逃げて、必死に逃げて、ようやくたどり着いた場所だった。真っ暗でさ、ひもじくて、寒くて。そしたら、代助兄さんと羊太に声をかけられた」

前方の林間に、永代寺本殿の甍《いらか》が見えていた。

つぴぃ、つぴぃ……

林のどこかから、四十雀《しじゅうから》の鳴き声が聞こえてきた。

「うろ覚えで思い出せるのは、あの男は人買だったってことだ。買った子供を両天秤《りょうてんびん》の笊《ざる》に乗せて、どこかへ売りにいくところだった。おれは、男の隙を見付けて逃げた。川へ飛びこんだんだ。たぶんあの川は、中川だったような気がする。むろん泳ぎなんか知らなかった。川に沈んだあのときの奇妙な覚えが身体《からだ》に残っている」

代助にその話をするのは初めてだった。

林間を抜け、永代寺の境内へ踏み入れた。

広い境内は森閑《しんかん》として、人影は町人の親子連れや老夫婦らしき連れが拝殿しているのが見えるばかりだった。

「十三の年から父と言うより師匠の手先を務めた。背も師匠より高くなった。そのころ一度、あそこをのぞきにいったことがある。むろん、代助兄さんと羊太はいなかった。当たり前さ。六年、いや七年がすぎていたんだからね」

つぴい、つぴい……

境内でも四十雀の鳴き声が聞こえる。

「居合わせた坊さんに訊《たず》ねた。以前、永代寺本殿の床下で寝起きしていた浮浪児の兄弟をご存じありませんか、ってね。坊さんは、ああ、あの子供らね、と思い出して言ったんだ。数年前、馬喰《ばくろう》にもらわれていきました、ってさ」

代助が笑った。

「門前町で食い物を盗みに入《へ》えって捕まっちまったのさ。通りかかった小伝《こでん》馬町《まちょう》の馬喰が盗んだ代金を払おうと助けられ、それから馬喰の手下になった」

二人の歩みは、自然と本堂裏手へ向いていた。

木々が廻廊の手摺《てす》りに影を落としていた。

「ここだ」

永代寺を廻《めぐ》る廻廊の裏階段があった。

二人は階段の側《そば》にかがみ、廻廊の下をのぞいた。

本殿床下は、深い暗がりに包まれていた。

この暗がりの深さが、浮浪児たちには好都合だった。

二人は廻廊の階段に腰かけ、本殿裏の木々を眺めた。

目を閉じると、乱之介の脳裡《のうり》に代助、羊太、乱之介の三人の浮浪児が並んで廻廊の床下に腰をおろしている姿、あのころと変わらぬ風景、懐かしさが染《し》みる静けさが甦った。

「兄さん、高札場におれたちの人相書が出た」

乱之介は言った。

「おれのことは不明になっていた。あんなもんじゃ、町方はおれたちのことを何もつかんじゃいないさ」

代助はこけた頬に嘲笑《ちょうしょう》を浮かべた。

「だとしても、ここは慎重に事を運びたい。ほとぼりが冷めるまで身をひそめて、しばらくは船宿弁天の稼業にみなで精を出そう」

「するとまだしばらくは、おれたちはお杉ばあさんにこき使われるってえことだね」

代助が言い、乱之介は微笑《ほほえ》んだ。

五月のあの日、老いて横川の深川元町代地の長屋女郎に身を落としていたお杉を乱之介と代助は女郎屋の元締めから買い受け、弁天に連れ帰っていた。

あれからお杉はすっかり元気を取り戻し、今では若造りに化粧をして乱之介らの代わりに弁天を切り盛りするほどになっていた。

当然のごとくお杉は、乱之介と若い仲間らが何者かは気付いている。

それを承知のうえで、お杉は乱之介らを手助けしていた。

今さら惜しむほどの命じゃなし。長屋女郎で生き長らえるより、どうせ死ぬなら面白《おもしろ》おかしく生きて一生を締めくくってやろうじゃないか。

六十近いはずのお杉ばあさんが、乱之介にそう嘯《うそぶ》いた。

「あのあばら家の切店《きりみせ》で、見る影もなかったお杉ばあさんが、見事に甦った。もうばあさんじゃねえ。ちょいと気持ちは悪いが、見ようによっちゃあ、お色気たっぷりの船宿弁天の大年増の女将《おかみ》だから驚きだよ」

「まったくだ。魔物みたいに甦った」

ははは……

とそのとき、二人の笑い声が途切れた。

縞《しま》の着物を裾端折《すそはしょ》りに手甲脚半《てっこうきゃはん》の旅姿ふうの男が、本堂脇より駆けてきて裏庭の木立ちの間へかき消えるのが見えたからだ。

男の腰に差した一本の脇差《わきざし》が、何かしら不似合いな拵《こしら》えだった。

ほどなく、木立ちの間から二つの人影が現れた。

ひとりは先の男であり、もうひとりは薄鼠《うすねず》の小袖《こそで》に襷《たすき》をかけ、目立たない渋茶の袴《はかま》の股立《ももだち》を取り、腰には二本、長い総髪《そうはつ》を束ね背中に垂らしていた。

拵えは旅の若侍と下男ふうだが、そのひとりは遠目にも女とわかった。

二人は廻廊の乱之介と代助には気付かず、本堂の正面へ廻る気配だった。

静寂があたりに沈澱《ちんでん》していた。

「乱さん、あの二人……」

代助がささやきかけた。

「なんだか剣呑《けんのん》な気配だな」

乱之介もささやいた。

「前の侍はどう見ても女だよ。襷なんぞをかけて、果し合いに向かうみたいだぜ」

「兄さん、そっちから正面へ廻ってくれ。おれは二人の後ろからいってみる」

よしきた——代助は歯切れよく応え、素早く手ごろな石を二つ三つ拾いながら、廻廊の下を腰をかがめて廻っていった。

代助は石飛礫《いしつぶて》が得意である。

乱之介は二人の姿が本堂の陰に見えなくなってから、小走りに後を追った。

本堂の曲がり角から顔をのぞかせると、二人の後姿が声もなく歩んでいく。

乱之介は足音を殺し間をつめた。

つぴい、つぴい……

四十雀が鳴いている。

二人が本堂正面へ折れる間際、前の女が抜刀するのが見えた。

乱之介は好奇心にかられ、足を早めた。

本堂正面へ折れる数間《けん》手前まできたとき、突然、怒声と喚声が響き渡った。

林間から数羽の鳥が、ばらばらと飛び立った。

乱之介は全力で駆け、本堂脇より正面へ走り出た。

すると、さっきの裾端折りの男が敷石に倒れ、女は傍《かたわ》らに片膝立《かたひざだ》ちに囲む三人の黒羽織の侍に剣を向け、身構えていた。

少し離れて深編笠《ふかあみがさ》の侍と町人風体《ふうてい》の男二人が、その様子を眺めている。

数人の参詣者《さんけい》が、広い境内の隅へ逃げていた。

「誰だお前。うん？　お前、女か」

血の付いた刀を青眼《せいがん》に構えた侍のひとりが威嚇《いかく》した。どうやら二人が深編笠の侍と町人の一行を襲い、裾端折りの男が警護の侍に逆にたちまち斬《き》り伏せられた。そんな格好だった。

「辻政之進、鳥居耀蔵、父の仇《かたき》だ」

女が叫んだ。

と同時に、立ちあがって刀を振り廻し、辻政之進へ斬りかかった。

おお、あの深編笠は鳥居耀蔵なのか。

思った瞬間、辻が易々《やすやす》と女の打ちこみを撥《は》ねあげた。

女の剣が空《くう》を泳いだ。辻との腕の差は明らかだった。

「父の仇だと。わかったぞ。お前、寺坂正軒の娘か」

辻が青眼に構え、薄ら笑いを浮べた。

「辻っ、女とて容赦はいらん。斬り捨てよ」

後ろの深網笠の侍が喚いた。

「ははっ」

辻は上段に取り、女へためらいもなく迫っていく。

咄嗟《とっさ》に乱之介は駆けていた。
「待てえっ……」
駆けながら叫んだ。
振り向いた三人の男が、駆け寄る乱之介を険《けわ》しく睨《にら》んだ。
乱之介は、たちまち男らとの間をつめた。
「狼藉者《ろうぜきもの》っ」
ひとりが喚《わめ》いて向かってくる。
乱之介へ打ちかかったぶうんとうなる剣を、身体を深く畳んでかわした。
剣が空《くう》へ流れ体勢の崩れた侍の顔面へ、拳《こぶし》を叩《たた》きこんだ。
わっ、と仰《の》け反った侍が倒れていく。
今ひとりが右手より襲いかかった瞬間、ひゅうん、と石飛礫がうなった。
石飛礫が侍のこめかみを打ち、石畳の参道へからからと転がった。
侍が顔を歪め、たじろいだ。
すかさず腰を入れて投げ捨てる。
参道の石畳へ叩きつけた侍の腕を踏み、刀を奪い取った。
直前、女は上段に振りかぶった辻の一撃をかろうじて払った。

しかし辻がかえした二の太刀《たち》をかろうじて受け止めたものの、その圧力に女は堪《た》えかね参道へ押し倒された。辻が奇声を発し大きく踏み出し打ちかかる。

次の一瞬、ひゅうん、と二つ目の石飛礫が飛んだ。

それをよけるために辻は体勢をくずし、そこへ乱之介が傍らから迫った。

かあん。

両者の剣が嚙《か》み合った。

「不逞《ふてい》の輩《やから》め。白昼堂々、境内を騒がすか。町方に代わって成敗してくれる」

辻が乱之介を圧迫する。

と、乱之介は一歩後退し、剣と剣をもつれさせて左へ落としてそれを大きな半円を描きつつ右上段へ巻きあげたのだった。

辻の刀が高々と青空へ飛んでいく。

辻は呆気《あっけ》に取られて己の剣の行方《ゆくえ》を目で追い、それから両の素手を遊ばせた格好で怒りの目を乱之介へ向けた。

たん。

肩を刀の峰《みね》で打った。

辻は野良犬《のらいぬ》のように呻《うめ》き参道の石畳に座りこんだ。

そのとき、表門から数名の黒羽織の侍らが大声をあげ駆けてくる。

「お目付さまあっ……」

後ろには、得物《えもの》を手にした町役人らが従っていた。

境内の騒ぎを聞き付け、駆け付けてきたものと思われた。

深編笠の侍と町人が倒れうずくまった辻らを残し、新手《あらて》の方へ逃げていく。

「鳥居、待て」と、尚《なお》も追いかける女の腕を乱之介がつかんだ。

「間に合わん。こいっ」

女は乱之介の手を振り払い、疵《きず》付き参道に倒れ伏した仲間へ駆け寄った。

「藤次、しっかりして」

「ぐずぐずするなっ。逃げるんだ」

藤次の傍らへ跪《ひざまず》いた女を無理やり抱き起こした。

代助が駆け付け、女の手をつかみ引きずるように走る。

「放して。藤次、藤次……」

女は叫び、抗《あらが》った。

乱之介はぐったりとした藤次を肩に担ぎあげた。

「兄さん、逃げろ」

わああ、と新手が迫ってくる。

「乱さん、こっちだあ」

代助が女の手を引き、永代寺の本殿裏へ走った。

乱之介は藤次を担いで二人の後を追った。

二

三年坂、目付甘粕孝康の屋敷奥、隠居甘粕克衛が庭を四ツ目垣で囲い耕した菜園には胡瓜《きゅうり》の蔓《つる》を巻きつかせる細竹の棒を組み合わせ、何列にも立て並べてある。

畑の空《あ》いたところは、「あそこには大根がなる」と克衛が言っていた。

畑仕事を終え野良着を小袖に替えた克衛が、日に焼けた顔をほころばせて居室へ戻ってきた。

克衛は、庭の畑へ収穫を待つ農夫のこまやかな眼差《まなざ》しを遊ばせつつ座した。それから対座する倅《せがれ》孝康へ移した。

「天保世直党か。公儀に歯向かう意気にあふれておる。しかも町方を日本橋高札場に晒《さら》し者にして辱《はずかし》めた。あのやり方に一味の怒りが感じられる」

「まことに、町地では世直党の噂で持ち切りです。読売の中には、町方の大江勘句郎の不手際を揶揄《やゆ》したのもあれば、お目付役の鳥居さまと河岸八町米仲買との馴れ合《なあ》い談合を、その場に居合わせたかのように書き立てたものも出廻っておるようです」

「仕方があるまい。米仲買の相談役になる方がどうかしておる。世直党への庶民の評判は高まっておるのだろうな」

「はい。逆にわれら役人を見る町人の目が厳しくなっていると言うか、憎悪《ぞうお》すらがこもっていると報告が入っております。それまでとは目付きがまるで違うと」

「そういうものだ。流れは半日もあれば変わる。だがな、実情はそれまで目に見えぬ根本のところで腐乱と崩壊が長きに亘《わた》って進んでいたのだ。このままでは続かぬ、と誰《だれ》もが知りながら見ぬ振りをしてきた。それが目に見えた。流れが変わるのは、ささいなきっかけがあればよい」

「きっかけが、世直党だったと？」

「顔見世狂言ならば、前評判を上回るでき栄えが大向こうをうならせたということだ。あの者ら、悪徳商人から金を奪い腐れ役人に恥をかかせ、戯れ文を残し天下の江戸で大見得を切った。おそらく世の理不尽な圧迫に苦しむ者らは世直党に快哉《かいさい》をあげ、次の演目《だしもの》を待っておる。次はどこだと。早く楽しませてくれ、となっ。世直しというわかりやすさが人の心を捉《とら》える。甘く見ているとえらい事になる」

克衛は、その仕種《しぐさ》に物思わしげな趣きを漂わせ茶を喫した。

「孝康、目付衆は戯れ文のことをどう言っている」

「みな口を噤《つぐ》んでおります。何しろ同輩とは言え林家の血筋を引く鳥居耀蔵さまですから。ただ小人目付部屋では、ひそひそと交わされておるようですが」

克衛は茶碗を置き、裏庭の菜園へ眼差しを投げた。

「高札場のことがあって河岸八町米仲買の相場が一割以上、下がった。今日、聞いたところでは下がり値が三割に届いた。米仲買商らがかどわかされただけではこんなことは起こらない。町方が高札場に晒し者になったうえに、残された戯れ文で公儀役人と欲深い商人が結託し米の買占めと売り控えの操作が米の高値を作り出している、と噂がばらまかれたわけだからな」

「風聞と思わくが、相場を動かしたのですね」

そうだ――と、克衛の横顔が頷《うなず》いた。

「米の買占めを大量に抱え、売り控えをしている問屋や仲買が打撃を受けた。それから公儀と知行米、扶持米《ふちまい》で暮らしておるわれら武家もだ。庶民は喜んでおるだろう。悪徳商人や武家にざまあ見ろと思っておるだろう」

「世直党の狙《ねら》いが功を奏しました。世直党、よくやったと……」

孝康が言うと、克衛の横顔が笑った。

「しかし父上、世直党はなぜ鳥居耀蔵さまを名指ししたのでしょう。鳥居さまでなければならない謂《い》われ、理由があるのでしょうか」

克衛は膝《ひざ》の上の指を、調子をとるように動かした。

孝康は続けた。

「鳥居さまは確かに米相場を操る河岸八町米仲買の相談役ではありますが、米相場を操るのは、本米問屋、関東米穀三組問屋、地廻《じまわ》り米穀問屋《べいこくといや》、脇店八箇所組米屋などほかにも株仲間があり、それぞれが違いはあれやっていることです。河岸八町米仲買のみが責められることではありません」

「ふふん……多くの武家は、蔵前《くらまえ》の札差《ふださし》に頭があがらぬ」

「ご公儀の中でそれら仲間の相談役を務め、仲間の商《あきな》いに手心を加え相談料を得ている役人も、鳥居さまだけではありません。にもかかわらず世直党はあえて鳥居さまを名指しし、辱めた。なぜ鳥居さまだったのか、それが気になるのです」

「それがわかれば世直党の素性が見えてくるのかもな。一味は総勢四名。翁《おきな》と鬼と猿《さる》と烏《からす》、か……ふむ、孝康、夏の初めだったか森がきたときに聞いたかぼちゃ一座や唐茄子座の話を思い出した」

「はい。それからあのとき父上から天保四年の天空座の話もうかがいました。まさか、その一味が八州から江戸へ」

「一味の狙いが金目当てだけであれば、日本橋の高札場であのようなあくの強い真似《まね》をやりはすまい。戦《いくさ》の駆け引きでは完璧《かんぺき》な勝戦《かちいくさ》は求めるとかえって味方を危うくする。八分《ぶ》か七分の勝を収めれば引くのが常道だ。すなわちそれは、八分か七分の勝を収めるまでは、戦い続けるという意味だ」

「だとすれば次の狙いは、天下の江戸で一揆《いっき》や打毀《うちこわ》しということですか」

「それもある。だがもしや……」

と、克衛は言いかけて言葉を切った。

「もしや？　もしやと、なんなのですか」

「翁の面だ……」

克衛は、二度三度と頷きながら考えを廻《めぐ》らした。

「翁の面？」

孝康は克衛の言葉を待った。

「頭と思われる男が付けていた翁の面がどういう面か、知っているか」

「は、それは……能の翁《おきな》にシテが舞うときに付ける白式尉《はくしきじょう》の面と、聞いております」

「能の翁は、とうとうたらりたらりら……の謡《うたい》から始まる謡というより神歌《かみうた》と言うべき神聖な祝い歌だ。シテは白式尉の面を付けて翁舞《おきなまい》を舞う」

克衛は宙に眼差しを遊ばせた。

「昔、翁舞を舞う男を知っていた。白式尉の翁の面を付けて、めでたい宴の席で舞っていた姿を覚えている。わたしの配下にいた斎権兵衛《いつきごんべえ》という小人目付の頭だ」

「小人目付頭、ですか」

「ふむ。森安郷は斎権兵衛の配下だった。斎という男は、小人目付としては抜群の技を持つ男だったが、知識が豊富で芸能などにも造詣《ぞうけい》が深かった」

「今、斎権兵衛はどのように」

「首を打たれた」

孝康はそう言った克衛の横顔がわずかに歪んだのを認めた。

「斎には倅《せがれ》がいた。世直党の頭が翁の面を付けていたと聞いたとき、ふと、斎親子のことを思い出した」

克衛はそこで唇を結んだ。

「父上は、世直党の素性がその斎親子と何らかのかかわりがあると思われるのですか」

「今朝《けさ》ほど、麴町《こうじまち》の高札場に人相書を読みにいった。普通は主殺しや親殺しなどの逆罪でなければ、人相書で尋ねることはないが、この度は余ほどのことと判断されたのだろう。むろん、人相書の特徴だけでは何もわからぬ。ただひとつ、頭らしき男の人相書を読んでいて、ふと、斎の倅のことを思い出した。頭らしきその男は年の見かけは二十五、六。背は高く痩せて、幾ぶん童顔とあった。二十五、六ならば二十八であってもおかしくない。おまえと同い年だ」

孝康は応えず、克衛を見守った。

十二年前であった――と克衛は枯れた声で言った。

「十二年前の文政九年の秋、日本橋米河岸《こめがし》周辺の米屋が、米の高値に怒った住人らの打毀しに遭った。発端は米屋と米を量り売りで買い求めにきた客とのささいな口論だった」

「十二年前の秋？　定かには覚えておりません」

「徹底して、江戸中に噂が広まらぬように隠蔽《いんぺい》したからな」

そのとき一羽の烏が、庭の胡瓜畑の木組に舞いおりた。

ひと声、乾いた声で鳴いて、居室の克衛と孝康を見守った。

「だがそれはあの日、まぎれもなく起こったのだ」

克衛は庭の鳥を眺め、それから語り始めた。

「買わないならさっさと帰んな。そんな汚い形《なり》で店先に立たれちゃあ、ほかの客に迷惑だ。さあ、そこどいてっ」

米屋の手代が小さな子連れの女に声を荒らげた。

そこは、伊勢町と本船町に続く入り堀堤の米河岸の米屋だった。

数日前より米がまた値上がりし、貧しい女の客は一日か二日置きの米桝の量り売りにすら窮していた。

母親に手を引かれた幼い子が手代の心ない剣幕に震えていた。見かねた別の客が、

「てめえ、客に向かってそんな言い草があるか。子供が怯《おび》えてるじゃねえか」

と、噛み付いた。

しかし手代は気が立っていた。

「冗談じゃないよ。うちは客商売なんだ。買わないなら客じゃねえだろう。商売の邪《じゃ》魔《ま》なんだ。とっとと失《う》せろ」

子供が泣き出し、店の前を通りかかりが足を止め始めた。

「客じゃねえだと。人が困っているのに勝手に値段を釣り上げやがって。そんなことが許されると思っていやがるのか」

「てめえが甲斐性《かいしょう》なしなんじゃねえか。てめえを恨め」

「こいつ、許さねえ」

客が店の間のあがり端《ばな》にいた手代の胸ぐらをつかんだ。

手代は負けていない。客の手を振り払い、

「触《さわ》るな、おまえ。値段を決めるのは米屋さ。米を買う金がねえならごみ捨て場を漁《あさ》りやがれ。野良犬みたいによう」

と、罵《ののし》りかえした。

「てめえ、それが血の通《かよ》った人間の言うことか」

客が手代につかみかかり、手代を店土間へ引きずりおろした。

客と手代がもみ合い、拳の激しい応酬が始まった。

店の者や居合わせた客が止めに入ったが、殴り蹴《け》りつかみ合い喚き叫んで、双方を引き離すことができなかった。

米河岸の通りがかりは言うまでもなく、周辺の米屋の客や手代、下男下女に小僧、河岸場の人足らもが、突然始まった喧嘩《けんか》騒ぎに驚いて店表に集まった。

子供が火のついたように泣き、鼻血まみれで殴り合う客と手代の罵声《ばせい》が飛び交った。二人は組み合っては蹴り放し、障子を破り、棚を落とし、手当たり次第に物を投げ付けたりした。

「くそおおっ、喰らえ」

喚いた客が三斗五升俵《だわら》を抱えあげ、手代へ放り投げた。

土間に落ちた俵が破れ、籾米《もみごめ》が水をまいたようにこぼれ出た。

「米だっ」

喧嘩に集まっていた野次馬の中で誰かが、ひと声、叫んだ。

野次馬のひとりがこぼれた米を拾うため、店土間へ咄嗟に走りこんだ。

それを止めようとした店の者の額《ひたい》へ、表から石が投げ付けられた。

誰が投げ付けたかわからない。

野次馬の多くが、周辺の裏店に住む量り売りで米を買う貧しい住人だった。

住人は怒っていた。ただ、怒りをどこへ向ければいいのかわからないだけだった。

だが、それが怒りの暴発の契機になった。

わあっ、と喚声があがった。

次の瞬間、店の表を取り巻いていた野次馬が店土間へなだれこんだ。

怒りを向ける先が、目の前の米屋だった。

われ先になだれこんだ住人は、こぼれた籾米に群がり、それから店の一角に積んだ米俵にも襲いかかった。

たちまち米俵が崩れ落ち、破られ、籾米が飛び散り店土間にあふれた。

喚声と怒声と悲鳴が交錯する中、住人は争って破れた俵の米を袖や懐、袋などに詰め始めた。それを傍観していた野次馬から次々と人が店に飛び入り、米俵に取り縋《すが》った。興奮した住人は、袖や懐の米をこぼしながら米を奪うだけでは収まらず、土足のまま店奥へ乱入し始めた。

「米屋に天罰をくだすぞおっ」

人々の間から喚き声が起こり、わああああっ、と誰彼なく呼応した。

店中を荒し始め、米蔵を襲い、逃げまどう店の者を追い廻し寄ってたかって日ごろの鬱憤《うっぷん》を晴らすために暴行を加え、店や主屋《おもや》、ところ構わず打ち毀していく。

住人は暴徒と化した。

そして暴徒と化した住人らの襲撃は、一軒では収まらなかった。

初めの一軒を壊し終わると、隣の米屋、また次の米屋と、米河岸周辺の米屋から米屋へと打毀しの火の手がまたたく間に伝播《でんぱ》していった。

しかも始まりは数十人だった群衆が、周辺の裏店の住人らが次々と加わり、短い間に数百人にふくれあがっていた。

みな手に手に擂粉木《すりこぎ》や竹竿《たけざお》、棒切れ、板切れ、何もない者は石で武装し、米河岸や横丁に充満し気勢をあげ、伊勢町、本船町のみならず、入り堀を越え小舟町《こぶなちょう》、堀江町の米問屋や米仲買へ手当たり次第になだれこんだ。

騒ぎに気付いた自身番の町役人らがきたときは、すでに手が付けられないほど打毀しは広がっていた。

町方同心らが手先に中間、小者《こもの》を引き連れ、米河岸へ出張《でば》ってきたのは半刻後だった。

「鎮まれえっ、鎮まれえっ。お上《かみ》の御用だ」

同心らは朱房《しゅぶさ》の十手《じって》を振りかざし、河岸通りにあふれる住人らを威嚇《いかく》した。

首謀者はどいつだあ、とっちめてやる、といつもの調子で鎮圧にかかった。

いつもなら、住人らは町方に怯えぞろぞろとさがるはずだった。

ところが住人らの間から投げ付けられた一個の石が、住人らの爆発に火を点《つ》けた。

続いて、一斉に石の雨が同心らに降った。

あたたた。

お上の権威に守られているはずの同心らは悲鳴をあげて逃げ廻り、物陰に隠れ、逃げ損ねて負傷した者が道へ転倒した。

怒濤《どとう》の喚声とともに住人らは、同心、中間、小者、手先らへ襲いかかった。

数百人にふくれあがった群衆が、河岸通り一杯に地響きとどよめきを立てた。

逃げ腰の町方らと暴徒が河岸通りで衝突した。

同心らは十手や脇差、中間らは木刀、で応戦するも、多勢に無勢だった。

路地奥に追いつめられた手先や同心らが袋叩きに遭った。

群衆の一部が路地を抜け、裏店の老若男女を加えさらに増えつつ町方後方の堤道へ廻りこんだ。

後ろから群衆の喚声があがると、町方らは戦《おのの》き、土手蔵の路地を抜け船着場から入り堀へ飛びこんだ。

その町方へ、米屋の帳簿や算盤《そろばん》、茶碗や箸《はし》、布団や枕までが船着場の土堤から投げ付けられた。

河岸通りを埋まる群衆が勝利の気勢をあげた。

江戸城帝鑑《ていかん》の間、老中方へこの米河岸通りの騒動が伝わったのは、町方らが入り堀へ飛びこんだ四半刻後だった。

ときの老中青山下野守《しもつけのかみ》を首座とする執政らは、「打毀し？　馬鹿な。この繁栄のときに」と、文化文政と続く爛熟《らんじゅく》した世にあって、富める者の陰にひそむ多くの貧しき庶民に思いをはせることもなく、「埒《らち》もない」と一笑に付し、

「そのような狼藉者ら、容赦なく取り締まれと、南北町奉行に伝えよ」

と、命じた。

ただ、打毀しの暴徒が数百人と聞いて、天明の飢饉《ききん》の打毀し騒動を子どものころに知っている老中らは、

「騒ぎを町の外へ断じて広げるな。目付に命じて城からも人手を出せ。火付盗賊改《ひつけとうぞくあらため》、百人組、甲賀《こうが》、根来《ねごろ》、伊賀《いが》、町火消、町役人、すべてを駆り集め、狼藉者らひとりとして町の外へ出さぬように見張れ。逆らう者がおれば斬って捨てよ」

とも指図《さしず》した。

「まったく、自制の利かぬ愚かな民どもには灸《きゅう》をすえてやらねば」

「あの者どもら、何をしでかすやらまことに手の焼ける愚民ですな」

「ま、これしきのこと、上さまには御懸念には及びませぬ、とお伝えすればよろしかろう」

と、老中らは高貴な血筋の眼差しを交し合った。

目付甘粕克衛が、小人目付衆、徒目付衆、数十名を率いて下乗橋《げじょうばし》を渡り、大手門をくぐったのは、それからさらに四半刻後だった。

大手門の橋を渡ると、目付衆らの手先らがそれぞれの頭に付き従い、一隊はたちまち百名近い総勢にふくれあがった。

その一隊の中に、小人目付頭斎権兵衛、支配下の小人目付衆森安郷、そして権兵衛の倅、弟子であり十三歳から手先を務め十六歳になった斎乱之介が、後ろに従う手先らの一団とともにいた。

一隊は常盤橋御門を越え、本町の大通りを駆け、大伝馬町の一丁目と二丁目の辻を堀留町方面へ折れ、堀留一丁目、二丁目、新材木町の入り堀の堤一帯、打毀しの暴徒が暴れている堀江町と小舟町の北東を固めるように展開した。

それは異様な光景だった。

半鐘《はんしょう》がけたたましく打ち鳴らされる中、数十人から百人近い幾固まりかの群衆があちらこちらの米問屋や仲買商、小売米屋へ乱入し、店を壊し米を袖や懐にあふれさせて走り廻っていた。

杖《つえ》を突いた病人、よろよろと歩む老人、男や女、子供、赤ん坊を背負い幼い子の手を引く母親、身体の不自由な者、駕籠かき、徒弟、行商に振り売り、人足ら、ひと目見て貧しいとわかる群衆が狂喜し、喚いている。

打毀しに遭った米屋の店表には、壊され投げ捨てられた家財道具や商売道具が散乱し、荷車が横倒しになり、破れた板戸や格子戸《こうし》、障子、着物などが堤端の柳の枝に引っかかってゆれているのが見えた。

手代ふうの男がひとり、道に倒れているが、誰も見向きもしない。

乱之介は父権兵衛の後ろに従っていた。

小人目付頭である父の配下の、森のおじさんと子供のときから乱之介が呼んでいた森安郷が権兵衛の隣に立っていた。

一隊を指図する目付甘粕克衛は陣笠をかぶり、質実な黒と紺の羽織袴に固め鞭《むち》を持って幾ぶん離れたところに佇《たたず》み、群衆に目を凝らしていた。

半鐘が鳴り止《や》まなかった。

町火消の法被《はっぴ》をまとい火消道具で武装した集団が、伊勢町の入り堀堤の方に人垣を作っていた。

音頭を取る声が聞こえ、それに調子を取って呼応する火消らのどよめきが入り堀一帯へ無気味に響き渡った。

ほどなく、本船町の方から雄叫《おたけ》びと叫喚《きょうかん》が聞こえてきた。

激しく物を打ち合う音や女の悲鳴、子供の泣き声が交じっていた。

すると、火消の集団が伊勢町の群衆へ、わあわあ、と襲いかかるのが見えた。

入り堀の親父橋《おやじばし》の方を固めていた町方の数隊が、移動を始めた。

群衆が叫びながら、堀江町の方へ逃げてくるのが見える。

「始まったな」

「始まりましたな」

権兵衛と森安郷がささやき声を交わした。

「濱町の裏店の顔見知りが、打毀しの中に大勢見えますぞ。どうしますか」

「わからん」

そのとき、甘粕克衛が率いる者らの前に進み出た。

斎――と克衛が呼んだ。

「はっ。ここに」

権兵衛が一歩踏み出した。

「おぬしは一隊を率い、和国橋《わくにばし》を渡って堀江町を抜け小舟町へと進め。森、おぬしは一隊を率いわたしに従い、堀留から小舟町の一丁目方面を抑える。斎とわたしの両方から挟みつつ打毀しを取り抑えていく。わかったか」

「御意《ぎょい》」「承知」と、二人は応える。

「みな聞け。打毀しの者どもは町の住人だ。女子供、年寄も大勢交じっておる。手荒な真似はするな。刀は決して抜いてはならん。あの者らを家へ戻すのがわれらの役目だ。そう心得よ。いけえっ」

甘粕克衛が鞭をかざし、一隊は二手に分かれて進み始めた。

三

権兵衛率いる一隊は、和国橋を渡り、堀江町の一丁目と二丁目の壊れた家財道具やさまざまに物の散乱した横町を進んだ。

すぐに伊勢町の方より追われて逃げてくる群衆と相対《あいたい》した。

群衆から怒声と、石飛礫が激しく飛んできた。

散乱する板戸や襖《ふすま》を盾にして怯《ひる》まず接近すると、群衆は竹竿や擂粉木、板切れや棒切れを振るったが、さほどの威力はなかった。

斎ら小人目付衆は手先ともに鎖帷子《くさりかたびら》を着けていたし、みな脇差ほどの木刀を手にしていた。木刀で防ぎつつ、素手で十分抑えられた。

群衆はたちまち引き足になった。

権兵衛は気を昂《たか》ぶらせた先頭の男の喉首《のどくび》を押さえ、周囲の者らを睨《にら》み付け怒鳴った。

「これまでだ。得物《えもの》を捨てて大人《おとな》しく家へ帰れっ」

従う小人目付衆らも、「大人しく帰れ」「得物を捨てろ」「帰れ」と口々に叫んだ。

群衆も二刻近く暴れ廻り、疲れていることもあった。

権兵衛らが手荒な鎮圧をしない様子に興奮が冷め始めたか、みな荒い息をつきながら抵抗をゆるめた。

「得物を捨てよ。心を鎮め、家へ戻れ」

権兵衛は男を突き放し、命じた。

みな竹竿や棒切れを、力なく捨て、ぞろぞろと歩いて帰途に就く者や、中には頭を抱えて軒下に座りこむ者らもいた。そこには女子供、老人の虚脱した顔が交じっていた。

「この者らはもういい。いくぞ」

権兵衛が一隊に声をかけたときだった。

小舟町の辻から黒装束《くろしょうぞく》、黒鉢巻に六尺棒で武装した一隊に追われ、悲鳴をあげながら逃げてくる者らが見えた。

伊賀組の一隊が追う数十名の一団だった。

「みな捕えよっ」

指図する先頭の男が叫び、逃げてくる一団と抵抗を止めていた群衆の後ろから、どっと襲いかかった。

抵抗を止めていた群衆は一斉に走り出し、再び権兵衛の一隊ともみ合い、

「走るな、鎮まれ」

の権兵衛の制止も聞かず、通りは混乱に包まれた。

伊賀隊は逃げ散ったそれらの住人を追いかけ廻し、引きずり倒し、暴行を加えた。

「止めろ」

権兵衛が伊賀組のひとりを組み止めた。

「どけえっ」

別の侍が権兵衛の肩へ打ちかかった。

そこへ横町の路地から女と子供の悲鳴が聞こえた。

権兵衛は打たれた肩を押さえ、路地へ飛びこんでいく。

路地奥で数人の女と老人が侍らに六尺棒を浴びせられ、助けを求めていた。

ひとりの女は、身体の下に幼い子供をかばっていた。

権兵衛は侍らを後ろから突き退《の》けた。

「何をするっ」

「おぬし、打毀しの一味か」

六尺棒が権兵衛に打ち落とされた。権兵衛は素手と木刀で受けとめる。その隙に女らが裏店の障子戸を倒し、伊賀組らの殴打から中へ逃れた。

が、伊賀組らは執拗《しつよう》に追い詰めていく。

権兵衛はひとりの男を殴り倒した。

権兵衛の後ろに離れず従っていた乱之介は、権兵衛の背中に打ちかかる伊賀組の男らへ体当たりを喰《く》らわした。

乱之介と男らはもつれ合い、路地奥の塀際へ転がった。

男らは乱之介へ殴る蹴るの暴行を浴びせた。

が、乱之介は痛打をものともせずひとり二人と薙《な》ぎ倒していく。

「打毀しの中に侍がいるぞ。出会え出会えっ」

男が仲間を呼んだ。

その男を乱之介は、十六歳の痩軀《そうく》で抱えあげ、ほかの男らへ投げ飛ばした。

男らは固まって倒れこむ。

隙を見て裏店へ飛びこむと、権兵衛が狭い部屋の中で三人の男らの攻撃を懸命に防いでいた。

権兵衛の後ろで女らと老人、子供が逃げまどい、叫んでいる。

「父上っ」

乱之介はひとりの男を引きずり倒した。

「乱之介、防ぐだけだ。防ぐだけだ」

権兵衛は防ぎながら乱之介を制した。

と、ひとりの男が子供を抱いた女をつかまえ、土間へ突き落した。

土間に転がり落ちた女は、泣き叫ぶ子供をかばい俯伏《うつぶ》せになった。その背中へ六尺棒が容赦なり振りおろされる。

女の悲鳴と男の怒声に乱之介はわれを忘れた。

身体がひとりでに動いた。

「止めろおっ」

思わず抜刀し六尺棒を打ち払った。

男が乱之介へ向き直り、六尺棒を顔面に突きこんだ脇を身体をかがめて抜けた。

途端、男が悲鳴をあげ、くるくると舞い、血飛沫《ちしぶき》を噴いて横転した。

しまった。

乱之介の一刀が男の胴を抜いていた。

「一味が刀を抜いたぞおっ」「斬られた」「やられたあっ」……

伊賀組の男らが叫んだ。

新手の黒い一隊が路地へ駆けこんでくる。

血飛沫を見て呆然《ぼうぜん》とする乱之介の手首を、六尺棒がしたたかに打った。

刀を落とし腕を抱えた乱之介の首に縄がかかる。

足を払われ横転した乱之介を、猛烈な力が引きずった。

乱之介は首を締める縄をつかみ、横町の通りへ引きずり出された。

息ができず、半ば気を失っていた。

引きずられながら、消えかかる意識の中で、六尺棒を打ち落とす男らの顔が次々に走った。

男らの後ろに青い空が見えたが、やがて何もかもが消え失せた。

次に乱之介が気付いたとき、そこはどこかの店の前土間だった。

後手《うしろで》に堅く縛《いまし》められ、乱之介は横たわっていた。

同じく堅く縛められた権兵衛が、少し離れたところで胡座《あぐら》になり、目を静かに閉じていた。

廻りを町方役人や、伊賀組やほかの組の侍らが取り巻いていた。

店の表にも侍らが屯《たむろ》し、みなひそめた声を交していた。中には、顔見知りの小人目付の手先らもいて、乱之介を見つめていた。

「父上」

と呼んだが、喉《のど》に痛みが走り声が出なかった。

それでも権兵衛は何かを気付いたか目を開き、乱之介を見て小さく頷いた。

悔し涙がこぼれた。

ほどなく、表が騒がしくなり、裃に正装した若い侍と商人らしき三人の男が囲みを解いて現れ、店土間へ入ってきた。

二十代半ば、色浅黒く眼光の鋭いこのときはまだ中奥番役であった鳥居耀蔵であり、鳥居に従う侍らも重々しい裃姿だった。みな一様に驚いた顔をして権兵衛と乱之介を見較《みくら》べた。

三人の商人は、蓬莱屋岸右衛門、白石屋六三郎、そして山福屋太兵衛だった。

鳥居はなぜか鞭《むち》を手にしていて、鞭で権兵衛の肩を突き、

「こいつらか」

と、吐き捨てた。鞭の先で権兵衛の顎《あご》を持ちあげ、

「卑《いや》しき分際で。名は」

と問うた。

「小人目付組頭斎権兵衛でござる」

「組頭? 愚か者が。恥を知れ」

罵って、右、左と権兵衛の頬を鞭打った。

権兵衛の頬から血が伝わった。

「こいつは?」

乱之介へ顎をしゃくった。

「その者はわたしが雇った手先です。やむを得ずわたしに従っていたため捕われましたが、何ほどの者でもありません。何とぞお解き放ちを」

「小賢《こざか》しい誤魔化《ごまか》しを吐きおって」

鳥居は乱之介の傍らへ歩み、頬を抉《えぐ》るように鞭を押し付けた。

乱之介は歯を食い縛った。

「おまえ、伊賀者をひとり斬ったそうだな。下郎が。とんでもないことを仕出かしお

って。獄門の苦しみを味わわせてやる」

「斬ったのはわたしだ。その者はわたしを助けただけだ」

権兵衛が言った。

取り囲んでいた侍らがざわめいた。

「ふん。小僧は口がきけぬらしい。誰ぞ、こいつに少々痛い目を見せて口がきけるようにしてやれ。このような卑しき者、わしの手を汚しとうはない」

鳥居は周りを見廻し、黒羽織の町方同心へ言った。

「おまえ、おまえは町方だ。おまえがやれ」

へへえ——と進み出たのは町方の大江勘句郎だった。大江は乱之介の前へかがんで、窪《くぼ》んだ目に、酷薄《こくはく》そうな笑みを浮かべた。

乱之介の前襟《まええり》をつかんで上体を起こし、十手を続けざまに見舞った。

「てめえ、吐け。てめえが斬ったんだな」

乱之介は黙した。

十手の朱房がちらちらと飛んだ。

大江は嘲笑を浮かべ、さらに殴り続けた。額が破れ、血がしたたった。

「止めないか」

囲みの中から甘粕克衛と森安郷ら、配下の小人目付衆が現れた。

「おぬし、何をしておる」

克衛が鳥居に厳しく言った。

「何をしておるだと。呆《とぼ》けたことを申されるな。この者は打毀しの愚民どもを煽動《せんどう》した首謀者ですぞ。取り調べに決まっておろう」

「おぬし、名は」

「上さまにお仕えいたす中奥番の鳥居耀蔵でござる。上さまの直々のご命令をわが支配役より受け賜わり、この騒ぎの見分でまいった。そこもとは」

「それがしは目付役甘粕克衛でござる。その者らはわが配下の小人目付と手の者。打毀しとはかかわりがない。誤解だ。解き放たれよ」

「誤解ではない。証人もおる。蓬萊屋、白石屋、山福屋、おぬしらは見たのであろう。こやつらが愚民ども率いておるのを」

「み、見ましたとも。鳥居さまの申されました通りでございます。こやつらが、ささ、指図いたしておりました。間違いございません。なあみなさん」

「そうだそうだ」

「そ、その通りでございますとも」

「まったく、一生懸命働いて築きあげた大事なお店をめちゃめちゃにしおって。おまえもさっさと獄門《ごくもん》になれ」

蓬莱屋が気を昂ぶらせ、帳簿のような太い帳面で権兵衛の頭を打った。

「おぬし、町人の分際で侍を打擲《ちょうちゃく》するか」

克衛の激しい咎《とが》めに、蓬莱屋は怯んで後退《あとじさ》った。

森が乱之介の傍らへ駆け寄り、十手をかざした大江を突き飛ばした。

「何しやがんでえ、ぶっ殺すぞお」

大江が森を睨み、毒突いた。

「相手になってやる」

森が言うと、大江は睨むだけで動かない。

「鳥居どの、上さまのご命令で取り調べるにせよ、侍の調べ方があるだろう」

「このような不届き者、侍の面汚しでござろう。甘粕どのとやら、この男はあなたの配下と仰《おっしゃ》いましたな。ということはこの始末、甘粕どのも責めを負わねばなりませんぞ。わたしは上さまに御報告いたし、甘粕どのの責任も断固追及いたす。覚悟しておかれよ」

それから大江に向き、

「おぬし、十分だろうと遠慮に及ばぬ。すぐ大番屋へ引っ立て、容赦なく取り調べよ」

と、大江に声を張りあげた。

「へえ。承知しやした。おら、立て立てえっ。おい、こいつらを茅場町《かやばちょう》の大番屋へしょっ引くぜ」

呼ばれた町方らが走り寄り、権兵衛と乱之介を立たせた。

大江が権兵衛の肩を、いきなり突いた。

「とっとと、いきやがれ」

六尺棒が乱之介の背中を打った。

乱之介は店表へよろけ出た。

横町は、役人や侍らのほかに大勢の野次馬が通りの両側に集まっていた。

おお……と野次馬はどよめいた。

背丈は大きいが、幼さを残した乱之介の若さに驚いたのかも知れなかった。

「あの若いのらしいぜ、伊賀組を斬ったってえのは」

「まだ子供じゃねえか。あれでそんな凄腕《すごうで》なのかい」

野次馬の中からささやきがもれた。

四

「あの騒ぎの日は昌平坂《しょうへいざか》の学問所におり、わたしには詳しい事情はわかりませんでした。後に、読売の瓦版で米河岸の米屋に真っ昼間から押しこみが入った、と知ったのみです」

孝康が克衛の話の途切れを継いだ。

「打毀しの噂が広がらぬよう老中の命により緘口《かんこう》が敷かれたため、わたしも詳しくおまえに話さなかったからな。しかしわれらの間では米河岸一揆と言うておる。むろん、森も知っている」

「米河岸一揆……」

克衛は、裏庭の畑へ眼差しを投げた。

西へ傾いた日が胡瓜畑の木組や黒い土へ落ちていた。

「そのころ大江勘句郎は風烈廻《ふうれつまわ》り方の同心だったが、当時の奉行榊原主計頭《かずえのかみ》に取り入り、陰で榊原と中奥番でありながら米河岸一揆の事情調べを上さまより申し付けられた鳥居の連絡役をやっていて、奉行と鳥居の幇間《ほうかん》と言われておった。大番屋で大江は、鳥居に気に入られようと、斎親子に相当厳しい牢問《ろうど》いをやったそうだ。ほかの仲間がいるだろう、名を吐け、とな」

克衛は眉間《みけん》の皺《しわ》を深くした。

「だが吐こうにも斎親子はわたしの指図で動いておったのだから、打毀しなどできるわけもなく、気の毒に、厳しい牢問いに痛め付けられただけだった。ただ、斎は倅の乱之介を倅ではなく手先に雇った者と言い張った」

「倅を雇い人と？」

「倅は斎権兵衛の実の子ではない。人買《ひとかい》の女から買ったのだ。斎は孤独な男でな。親類縁者もほとんどおらず、妻も娶《めと》らなかった。四十すぎまでひとり身で、確か、陽明学を学んでおった」

「陽明学を、学んでいたのですか」

克衛は深く頷いた。

「四十をすぎてから六歳の浮浪児を買い、倅のように育てた。あの男が乱之介を養子にしたのは、たぶん、己の技と学んだ教えを乱之介に残そうとしたのだ。せめて己の生きた証《あかし》を乱之介の心と身体に刻み、次の世に残したかったのだと思う。寂しい男だったとも言える」

克衛は胡瓜畑の烏を見て、ふっと微笑んだ。

「しかし乱之介は父親の思いによく応えた。十三の年から斎の手先を務め、背も父親より高く隆《りゅう》とした体軀《たいく》に育っておった。持って生まれた素養を言えば、父親より勝《すぐ》れていたかも知れぬ。少なくとも武闘術については倅に教えることはもうありません、と斎は言っていた」

「十三の年で……」

克衛はまた頷いた。

「斎は、乱之介と廻《めぐ》り逢《お》うたことを神の賜物《たまもの》と思っていた節《ふし》がある。ある意味では、乱之介を倅以上に慈《いつく》しみ敬《うやま》っておった。伊賀組を斬ったのも自分だと言った。乱之介を助けなければならぬという一心だった。日をへて斎権兵衛は牢屋敷の揚屋《あげや》、乱之介は大牢《たいろう》へ収監になった。倅ではなく雇い人だと言い張ったのでな」

「酷《むご》い……」

孝康は呟《つぶや》いた。

「これらの一切合財《いっさいがっさい》は牢屋敷へ斎権兵衛を訪ねたとき、本人の口から聞いて知った。あの男はわたしに必死に頼んだ。自分はあの打毀しの首謀者とされ打ち首獄門で構わぬ。代わりに乱之介の命は助けて欲しいとな」

「当たり前に訊き取りをして調べれば、斎親子が首謀者でない真相はすぐに知れるではありませんか。なぜ……」

「真相とは、お上の都合のいい実事《じつじ》だけを言うのだ。お上にとって一件は、貧しき民の打毀しではなく、斎権兵衛を首領に、真っ昼間から狼藉《ろうぜき》に及んだ押しこみ強盗どもの仕業《しわざ》でなければならなかった。この江戸に数十年前の天明のような打毀しが再びあってはならぬことだった。米河岸一揆などは、なかった」

そんな馬鹿な――と思った。戦慄《せんりつ》が孝康の背筋に走った。

「ですが、数百人もの住人が起こしたそれほどの騒動を、一押しこみ強盗の仕業にすりかえることなど、できるものなのですか」

「おまえも知らなかったであろう。驚くべきことだが、できるのだ。老中方の意向を受け鳥居と榊原が指図し、江戸市中の読売らに米河岸の米屋へ賊が白昼堂々押しこんだと伝える瓦版を連日ばらまかせた。おまえが読んだ読売の瓦版がそれだ」

孝康は言葉がなかった。

「一方、一件の直後、廻り方へ急遽《きゅうきょ》役目替えになった大江勘句郎が、あらゆる手立てをつくして、打毀しにかかわった裏店の住人のみならず、その噂をする者らまでを徹底して探索し、召し捕えた。みな震えあがった。恐れて打毀しの話など誰もしなくなる。日がたつうちに打毀しのことなど、みな忘れてしまう」

孝康は自らを落ち着かせるために大きく息を吐いた。

「斎親子の評定《ひょうじょう》が始まる前、親子の寛大なる処置を執政へ嘆願した。だが評定所一座の中で、上さまがなのめならず御立腹であると進言した鳥居の意向を受けて、北町の榊原が厳罰をくだすべしという立場を崩さなかった。斎権兵衛支配役のわたしの不始末すら取り沙汰《ざた》された。確かに上さまはお怒りだったかもしれぬ。しかし、わたしは牢屋敷で斎に、乱之介の命は必ず助けると約束した」

「どのように、助けられたのですか」

「ある日、咎めを受ける覚悟で執政方に直訴《じきそ》した。筆頭目付の職を退き、家督を倅孝康に譲って隠居を願い出るつもりだと。そして執政方のお指図で、斎権兵衛養子、斎乱之介の助命を何とぞと、嘆願した」

克衛は花が舞うように、庭へ目を遊ばせた。

「乱之介の助命は、助命と引き換えにわたしが目付役を退くことを申し出たからだろう。それでご執政方は、権兵衛さえ厳罰に処せればいいと考えたのだろう」

胡瓜畑の木組に止まった鳥が、まだ二人をじっと見ている。

それからほどなく、斎権兵衛の裁きが評定所の一座掛《いちざがかり》で行なわれた。一座掛は町、寺社、勘定《かんじょう》の三奉行に目付が陪審する裁きである。克衛もそこにいた。

権兵衛の打ち首獄門の裁断がくだり、それはその夜のうちに小塚原《こづかっぱら》で執行された。

克衛と森は、特別な計らいで小塚原の検使に立ち合った。

そうして権兵衛の耳にそっと伝えた。

「乱之介は町奉行所で裁かれ、江戸十里四方追放になった。今日の昼間、間違いなく江戸を出たのを森が確かめた」

斎権兵衛はわずかな笑みを浮かべ、滂沱《ぼうだ》と涙をあふれさせたと言う。

克衛が目付を退き、家督を孝康に譲ったのは翌年の春であった。

「つまり、世直党が狙った相手はすべて、十二年前の米河岸打毀しにかかわりのあった者らなのですね」

「ふむ。蓬莱屋、白石屋、山福屋、大江勘句郎がかどわかされ、当時上さま側近だった鳥居耀蔵、そして……」

「そして?」

「おそらく、お上だ。上さまに歯向かうのだ」

庭の鳥がひと声、鳴いた。

「あの鳥め。世の人の営みを嘲笑《あざわろ》うておるようなな。ははは……」

克衛はひとりで笑った。

「三人の商人と大江のかどわかし、それから鳥居耀蔵に当て付けた戯れ文を残したと知って、みなあそこにいた者らばかりだとわかった」

「世直党は乱之介の復讐《ふくしゅう》なのですか」

「そうかも知れぬ。だが推量だ。頭立った男が乱之介だとすれば、わたしの覚えておる乱之介とはまるで違う男だ。それでもわたしには、人相書のひとりが乱之介のような気がするのだ。乱之介が世直党を率いて江戸へ戻ってきた。もしそうならあの男の付けた翁の面は、父権兵衛へ捧《ささ》げる鎮魂の神歌《かみうた》なのかも知れぬ」

克衛の笑みは消えていた。

「父上は世直党の狙いを戦の駆け引きに譬《たと》えられましたな。戦は八分か七分の勝で自重《じちょう》し、それはすなわち八分か七分の勝を得るまでは必ずやるのだ、と」

孝康は訊いた。

「世直党は八分か七分の勝をすでに収めた、と思われますか」

「言えることは、あの隅田川での町方との駆け引きは、悠々とした進退に見えても一味が舞台裏ではぎりぎりのところで動いているふうに思えてならぬ。勝負の差は紙一重だ。逆の目が出る場合もあり得た。昨夜の仕事が江戸での最後と、一味は算段していたとしてもなんら不思議ではない」

「もしわたしが乱之介の立場なら、まだ鳥居さまと恐れながら上さまが残っている、と考えるでしょう」

「………」

「これで終わるなら、乱之介にとって遺恨十年の長蛇《ちょうだ》を逸《いっ》することになりませぬか。もしわたしなら父の仇を……」

孝康の言葉に、克衛が物思わしげに目を細めた。

「世直し一揆や打毀しを煽動しあるいは手助けしていた旅芸人の一座が、噂だけではなく実在するとして、その一座を乱之介が率いていればその狙いは頷けます」

「唐茄子座であれかぼちゃ一座であれ、天空座であれ、どれも四人だな」

「はい。世直党も四人です。翁、烏、猿、そして大男の鬼、それも符合します。乱之介は十数年の間、父親の仇を討つこのときを待っていた。とすればまだ戦は終ってはいません」

「斎権兵衛は乱之介を自慢に思っていた。慈しんだ倅がどのように成長するかを見ずに、身に覚えのない罪を得て命を落とさねばならなかった斎は、さぞかし無念であったろう。倅は、父の無念を察するか」

孝康は応えず、考えた。短い間を置き、

「斎乱之介は、どのような男だったのですか」

と訊いた。

「童子の面影を残した、十六歳の美しい若者だった。十六歳にして小人目付の隠密術、武闘術を完璧に身に付け、天賦《てんぷ》の才で磨きをかけた達人と聞いた。斎自身が乱之介を天の申し子と言ってはばからなかった」

後に知ったことだが——と克衛は言った。

「乱之介が収容された町民の入る大牢には、牢名主がいて牢法を敷いている。牢名主に睨まれると、大牢では生きてはいけぬ。せめてつると呼ぶ金を持っていれば助かるが、十六歳の乱之介がそれを知るはずもなかった。しかも大江が牢屋同心に牢名主へ言わせたらしい。痛め付けてやれ、とな」

孝康はわが身を乱之介になぞらえ、考えた。己ならどうする。

「乱之介は仕置《しおき》を受けた。大人数で殴る背を割るという仕置だ。相手は六人だった。最初に触れた者の両目を指で潰した。二人目と三人目は、ほぼ同時にひとりは喉、ひとりは顎とあばらを折られ、悶絶《もんぜつ》し息絶えた。残り三人も無事には済まなかった」

顎、両腕の節、手の十本の指をはずされたり砕かれたりしてのた打った。自身は折《せっ》檻《かん》用のきめ板で繰りかえし打ち据えられても、声ひとつもらさなかったと言う。

「武芸という言葉では言い表せぬ。まさに隠密の武闘術だ。乱之介は牢名主に言った。次におれに触れるやつがいたらおまえの舌を引き抜くとな。地獄の牢名主が震えあがったそうだ」

克衛は、話しながらその凄《すさ》まじさに呆《あき》れているふうだった。

十六歳の乱之介は牢内で生き延びた。

会ってみたい。

孝康は鼓動の高まりを聞いていた。

「もしおまえが、いつかどこかで乱之介と対峙《たいじ》するときがきたとすれば、そのような男であることを念頭に心して当たれ。忘れるな。命を粗末にしてはならん」

孝康は唇を真一文字に結び、頷いた。

そのとき、畑の烏が人の気配に気付いて、勢いよく羽音を立てて飛び立った。

取り次の郎党が濡《ぬ》れ縁《えん》に現れ、「孝康さま、森さまがお見えです」と告げた。

「森か。構わぬから入るように言え」

孝康がかえした。

「は。すでにまいっております」

森は郎党に代わって濡れ縁に膝を折った。手を突き、

「隠居さま、ご歓談中、お邪魔いたします」

と、克衛へ頭《こうべ》を垂れた。

「邪魔なものか。今、斎権兵衛と乱之介親子の話をしていた。十二年前の米河岸一揆のことだ」

「十二年前の米河岸一揆……」

克衛が笑った。

しかし森は笑わず、孝康へ向いた。

「お頭、きりぎりすを備える船宿の探索で疑わしき宿が一軒、浮かびました」

「見付かったか。場所は」

「深川洲崎弁天前町。船宿の名は弁天。今年の夏の初め、安房平塚の在の吉治郎なる男が、七年ほど前に宿を閉じて隠居暮らしをしておりました持主から仲間株を借り受け、大工を入れて宿を修繕し、新しく船宿を始めております」

孝康は蓬萊屋ら米仲買商が伊勢町の堀留でかどわかされたとき、二挺立《にちょうだ》てきりぎりすを使っていたことから、ここ一両年に新しく始めた船宿を調べさせていた。

「今年の夏の初めというと、去年小田原に打毀しがあって半年後のことだな。奉公人

は」

「代助、羊太、惣吉という同じ年ごろ三人の男らと、お杉という昔深川八幡町で女郎と遣《や》り手《て》をやっていた六十近い女がひとり雇われております。宿の船は猪牙《ちょき》と二挺立てきりぎりすの二艘《そう》。船を頼まれれば羊太と惣吉が水夫《かこ》を務めております。今は隠居の身の、前の弁天の持主によれば、宿には床下に地下蔵があり、座ってなら大人が四、五人は入ることができるそうです」

「二挺立てきりぎりすに人の入ることのできる地下蔵か。閉じこめられた穴蔵のような場所と符合する」

「それと惣吉は六尺四、五寸は背丈のある大男だそうです」

「そうか。大男がいるか。男らの身元は」

「吉治郎は町内支配の家主に安房平塚在の宗門改《しゅうもんあらため》を差し出しております。今年、二十八歳ということになっております。代助、羊太、惣吉も安房平塚在で、吉治郎の昔馴染《なじ》みということで雇われたようです。代助三十歳、羊太二十七歳、惣吉同じく二十七歳。奉公人の三人に人別はなく、人別を取り寄せるまで吉治郎雇い人として吉治郎の人別に仮に入れ、そのまま四箇月がすぎております」

「吉治郎、代助、羊太、惣吉、安房平塚在か。当然、町役人は平塚在に問い合わせをしておらぬのであろうな」

「近ごろは、逃散《ちょうさん》を謀《はか》った百姓が宗門改を金に替え無宿渡世に身を沈める話をしばしば耳にいたします。そうなれば宗門改が間違いなくとも、それが本人の物かどうか、確かめるにはときと手間がかかります」

「いいだろう。それから」

「お杉も人別はありませんが、深川でお杉と言えば、ああ、あの元人買の、と知る者ぞ知る女でした」

「何、お杉は人買をやっていたのか」

「噂では、そのように……」

と、森は続けた。

五

その夜更け、乱之介は綺麗《きれい》な水を張った盥《たらい》を持って、船宿弁天の内証《ないしょう》裏に二間《ま》ある四畳半へ戻った。

藤次が布団に寝かされ、血の気を失い土色になった顔を天井に向けていた。

真赤に染まった晒《さら》しが、枕元に固まりになっていた。

侍姿が汗と涙と土埃《つちぼこり》と血で汚れたお三和は、藤次を懸命に励ましながら手当てを続けていて、代助がそれを手伝っていた。

包帯代わりの晒しが足りなくなり、羊太と惣吉は八幡町へ晒しを手に入れるために出かけてまだ戻っていなかった。

水を張った盥を枕元へ置いた乱之介に代助が小声で言った。

「おれたちにはこれ以上手の施しようがねえ。医者を呼ぶしか……」

予断を許さない状態であることは、見れば明らかだった。

「やむを得ない。そうしよう」

乱之介も静かに応え、

「お三和さん、このままじゃあ持たない。医者を呼ぼう」

と、三和を促《うなが》した。

「は、はい」

と、三和は潤んだ目を乱之介へあげた。

「藤次、お医者さまにきてもらうからね。それまで、頑張るのよ」

三和が藤次の耳元で懸命に言った。

「よし、おれがひとっ走りいってくる。ちょっとの間だ。待ってろよ」

代助が藤次に声をかけて立ちあがろうとした。

その手を藤次が力なくつかみ、途切れ途切れにかすれた声を絞り出した。

「だ、だめだ、だめだ。いかないで、くれ。医者は無用だ」

乱之介と代助は顔を見合わせた。

「わたしのことは、もういい。医者の手当てを受けても、同じだ。もう助からない。それぐらいは、わかる。それより……」

「何を言うの。お医者さまが手当てをすれば、きっと治るから」

三和が言った。

「お嬢さま、いけません……やつらは、わたしが疵《きず》を負っていることを、知っています。きっと手を廻しているでしょう。医者に知られれば、追っ手や役人らに、見つかってしまう恐れが……」

永代寺の境内で目付鳥居耀蔵と思《おぼ》しき一行を襲い、逆に窮地に落ちた侍姿の娘と下男ふうの男を偶然助けた乱之介と代助は、鳥居の手の者と、駆け付けた町役人らに追われて本殿裏へ逃げた。

そして昔、三人の浮浪児が暮らしていた本殿床下へまぎれこんだのだった。

本殿床を支える太い柱の向こうに外の白い光が見え、夥《おびただ》しい数の追っ手の足が右往左往して走っていた。

「どこだ、どこへ逃げた」

「必ず捕まえろ。鳥居さまのご命令だ」

「血の跡がある。これをたどれ」

追っ手らの声が床下にまで聞こえてきた。

「この床下はおれの家だった。大丈夫。おれの言う通りにすれば、追っ手が探しに入ってきても巧《うま》く逃げて見せる」

代助が自信ありげに声をひそませ、床下の深い暗がりの奥から外の様子をうかがった。そのうちに、

「床下は見たか。床下へもぐって探れ。この床下だ」

と、言う喚き声が聞こえ、床下を這《は》ってくる数人の黒い影が見えた。

すると代助は影の動きと数を確かめ、様子をうかがってから「ゆっくり、こっちだ」「次はこっちだ」……などと、娘と深手を負った下男を担いだ乱之介を四方の柱の陰から陰へとそろりそろりと導いた。

昼間のため、追っ手は明かりを持っていなかった。

「ここに住んでたころ、坊主や寺男に追い廻されて、数え切れないくらい逃げ延びたんだ。あんな探し方じゃ見つかりゃあしねえ。坊さんの方がもっと巧いぜ」

同じ場所をうろうろと這っている追っ手の影を見やり、乱之介にささやいた。

「だめだ。暗くて何も見えない。提灯《ちょうちん》を持ってこよう」

やがて追っ手の影は諦《あきら》め、床下から這い出していった。

ところが、半刻がたっても再び床下を探しにくる追っ手はいなかった。

追っ手は二人を追うのを諦めたのかもしれなかった。

しかしながら、追っ手が諦めたとしてもまだ明るい町中を、深手を負った男を担いで弁天まで徒《かち》で帰ることなどできない。

「兄さん、ここで二人を守って待っていてくれ。おれは宿へ急いで戻り、猪牙で迎えにくる。永代寺裏の油堀から二人を宿へ連れていこう」

「いや、船はおれが持ってくる。乱さんがここで二人を守って待っていてくれ。そういうことはおれの方が得意だ」

代助は言い残し、床下から素早く這い出ていった。

土埃臭い暗がりの中に身をひそませた乱之介は、二十年以上前の、浮浪児だった代助の頼もしさとしたたかさを思い出した。

代助が猪牙を永代寺裏の油堀の堀端に着け、本殿床下の乱之介らを迎えにきたとき、刻限はもう夕暮れ間近になっていた。

二人が同朋町の儒者寺坂正軒の娘三和、男が寺坂家に三和が生まれる前から仕え、主《あるじ》正軒の弟子でもあった藤次、という名であることを猪牙が戻る途中に聞いた。

三和は「鳥居耀蔵、父の仇」と叫んで深編笠の侍に襲いかかった。

けれども二人にどういう事情と経緯《いきさつ》があったのか、詳細は語らなかった。

ただ乱之介は、事情はわからないながら、鳥居耀蔵を父親の仇と遺恨を抱く三和に、哀れみと共感を覚えていた。

鳥居耀蔵は、今、江戸中で知らぬ者ない新進の目付役である。

天保四年、七年から八年と続いた飢饉と打毀しなどの江戸の世情不安に辣腕《らつわん》をふるう男、と一目置かれもし、恐れられてもいた。

そんな鳥居を、二人は必死の覚悟を持って襲撃に臨んだのに違いなかった。

無理に侍らしく拵えたその扮装《いでたち》からして、三和のけなげな一途《いちず》さがうかがえた。

乱之介と代助は、そのときはまだ、船宿弁天の亭主吉治郎、奉公人の代助としか明かしていなかった。そして、

「あんたらの事情に口出しするつもりはない。ともかく今は藤次さんの疵の手当てが

先決だ。おれたちを信じて任せるといい」

と、二人を弁天へともなってきたのだった。

「面倒なことになるかもしれないぜ。乱さん、いいのかい」

代助がそっと言った。

難しいことはわかっている。

わかっていながら乱之介はこうするしかない、と思った。

「偶然いき合わせた。これも何かの縁だ。見すごすわけにはいかない」

承知――と、いつもの調子で代助は頷いた。

「あなたがたには身を危険に晒《さら》してまで、助けていただいた。お、お礼を申します。ですが、どうか、こんな老いぼれのために、これ以上身を危うくしては、なりません」

藤次は愛《いと》おしげに、三和を見つめた。

三和は藤次の無骨な手を両掌《りょうて》で握り締め、祈るようにうな垂れた。

唇がかすかに動き、何かを呟いているみたいだった。

しかし、藤次の愛おしげな眼差しは空をさまよい、三和と向き合った枕元の乱之介にそそがれた。

藤次は無言のまま、乱之介をじっと見あげた。それから、

「斎《いつき》……乱之介さん、ですね」

と、低く震える声で言った。

隣の代助が先に、あ、と声をこぼした。

「お仲間が、あなたを、乱さん、呼んでおられた。それで、やはりと……」

藤次は喘《あえ》ぎながら言った。

藤次はおれを知っている。ということは、おれも藤次を知っているのか。

乱之介は、遠い彼方《かなた》へすぎた日の見覚えある面差《おもざ》しを、藤次の中に探した。

「わたしのことを、ご存じだったのですか」

「不甲斐《ふがい》なく討たれ境内で倒れたとき、駆けてくるあなたを見て、幻を見ているのかと、思いました」

藤次は喘ぎ喘ぎ続けた。

「懐かしい。自分が、十二年前のあのころに、戻った気がしました。あの日を忘れてはいません。乱之介さんは、背丈は十分に伸びておられたが、童子が若衆に拵えたような愛くるしい若者だった」

人々の目が乱之介にそそがれていた。

十二年前のあの日、父斎権兵衛とともに縛められ、引っ立てられてゆく父と子を見守る人々の中に、この目があったのだな。あなたはあの中にいたのだな。

「乱之介さんが、ご存じないのは、無理もありません」

藤次は、片方の手を震えつつもかざした。

「あなたのお父上斎権兵衛さまは、わたくしが子供のころよりお仕えした寺坂正軒さまの友であり、学問の師でもありました」

藤次は痩せた喉を、ごくりと鳴らした。

「わが主正軒さまと斎権兵衛さまは、ともに年を重ね、書物を読み、語り合い、酒を酌み交わされた師弟なのです。わたしは正軒さまのお供をし、権兵衛さまの組屋敷へ、おうかがいしたことも、幾度かあります。乱之介さんを初めてお見かけしたのは、あれは、まだ幼い童子の……」

藤次は苦悶《くもん》の中に、儚《はかな》い微笑みを浮かべた。そして、ひと筋の涙を伝わらせた。

「忘れもいたしません。米河岸で起こったあの騒動の日、乱之介さんは、若き狼のように荒々しく、激しく、清々《すがすが》しいほどの怒りを、たぎらせていた。あのころと較べずいぶんたくましく、大人になられた。見違えました。けれど面影は、昔のままだ」

乱之介の脳裡に、人々が叫び、子供が泣き、逃げまどう米河岸の光景が甦った。

「乱之介さんの話を、権兵衛さまがわが主に、よくなさって、おられた。賢い勝れた子だと。わが主が、是非一度ともに、と申しますと、まだまだ、われらの仲間に入れるには、修行が足らぬと、笑っておられた」

藤次は、こみあげる悲しみを飲みこんだかに見えた。

「ほかの誰でもなく、あなたに助けられたのは、天の定めです。きっと、天が導いてあなたの元へ、わたしとお嬢さまを、導いてくれたのです。あなたに、頼みが、お願いがあります。なにとぞ、老いぼれの最後の願いを、聞いていただきたい。なにとぞ……」

乱之介は藤次にわかるように、大きく頷いた。

「藤次さん、言ってくれ。おれは何をしたらいい。おれに何ができる」

藤次はまた涙を伝わらせた。

「こちらの、お嬢さまを、三和さまをお頼みします。お父上をなくされ、三和さまには、身寄りの方が、いらっしゃらないのです。可哀想《かわいそう》な、お嬢さまを、どうか、三和さまを、あなたに、お頼みします」

藤次の手を握り締め頭を垂れていた三和が、愁いに包まれた眼差しを藤次へ流した。

涙と汗に汚れていても、目は黒く澄んで、ひと筋の鼻と紅も付けぬのに赤い血の通った唇が、三和の孤独と戸惑いを美しく彩っていた。

「藤次さん。心配はいらない。お三和さんのことはおれが引き受けた。大丈夫だ」

乱之介は言った。

「ああ、ありがとう。あなたに引き受けていただいて、よかった。礼をいいます。これで、思い残すことはない」

藤次が目を閉じ、安らかな吐息をついた。

「わたしは、貧しい青物屋の、倅です。十六歳のとき、寺坂正軒さまの下男に、雇われ、ご奉公が始まりました。わたしのような者に、学問を授《さず》けてくださったのは、正軒さま、わが主なのです。正軒さまにお仕えできて、よかった。つまらぬわたしの一生に、先生は意味を与えて、くださった」

三和は握った藤次の手に頬ずりした。

「み、三和さま。わたしは、ここまでです。長い間ありがとうございました。何があっても必ず、必ず、生き抜くのです」

そして目を閉じたまま、かすかな笑みさえ浮かべ、

「乱之介さん、三和さまを、どうか、頼み……」

と、それが藤次の最期の言葉になった。

六

藤次の亡骸《なきがら》はその夜のうちに深川黒江町《くろえちょう》の西念寺《さいねんじ》という寺にきりぎりすで運び、ひそかに葬った。

西念寺は、お杉が門前仲町の女郎屋の遣り手に雇われていたとき、女郎が病気や怪我《けが》、あるいは男と心中などをして命を落とした折り、無縁仏として忘れるくらいの数の女郎を葬った寺だった。

お杉に「多少かかりますけど」と教えられた通り、西念寺の寺僧は金さえ払えば無縁仏として藤次の埋葬を真夜中でも許してくれた。そうして、後々も供養をいたしましょうと、乱之介の差し出したお布施の額に感激して言った。

西念寺の墓地に藤次の亡骸の埋葬を済ませ弁天へ戻ったころ、東の空が朝焼けに燃え始めた。

昨日からの長い一日がすぎ、三和は疲れ果てていた。

乱之介は、三和を二階の客座敷のひと部屋で休ませることにした。

「今日は休んで、元気を取り戻してから行く末の相談をしましょう」

三和はうな垂れ、止めどなく涙をこぼした。

お杉が調理場の竈《かまど》の前にかがんで、藤次の血に染まった晒しを燃やしていた。

「お杉さん、下はおれたちがうろうろしてゆっくり休めないから、二階のどこかの客座敷にお三和さんが休めるようにしてやってくれないか」

「ようござんす」

お杉が立ちあがり、「さあ、お嬢さん、こちらへいらっしゃいませ」と先に立った。

しかし、三和はいかなかった。

いきなり主屋《おもや》と調理場の間の通り庭に跪《ひざまず》き、乱之介の足元へ手を突いた。

「ゆきずりにすぎぬわれらに、これほどまでのお心遣いを心より感謝いたします。そして、しかしながらこれ以上は、みなさまのご親切に甘えるわけにはまいりません。もう十分でございます。わたくしこのままお暇《いとま》させていただきます」

と、決意をみなぎらせて言った。

乱之介、代助、羊太、惣吉、そしてお杉の五人が、土間に跪き頭を垂れた三和の周りを囲んだ。

乱之介はみなを見廻し、それから三和の前にかがんだ。

「藤次さんが言っていたではないか。あんたのお父上の寺坂さんとおれの父は友の契りを結んでいた。おれたちはゆきずりの赤の他人ではない」

三和は沈黙した。

「藤次さんに頼まれた。だからあんたの身を引き受けると約束した。その場限りに言ったのではない。遠慮も気兼ねもなくここにいて……」

いえ——と、三和は乱之介を遮った。

「わたくしにはなすべき事があります。なすべき事をなさねばならないのです。わたくしの取るべき道はひとつしかありません」

「父親の仇討《あだう》ちか」

三和は土間に手を突いたまま、応えもせず、頭もあげなかった。

「相手は、公儀目付鳥居耀蔵だな」

肩が細かく震えていた。

「お三和さん、あんたひとりで鳥居耀蔵を討つのは難しい。鳥居には配下の手勢が常に取り巻いている。あんたひとりが立ち向かったとて、万にひとつの望みもない。今あんたに必要なのは、十分な休息と心をともにする仲間だ」

やはり沈黙が応えだった。土間に突いた手の上に涙をひとつふたつと落とした。

「手をあげなさい。あがって暖かい茶を飲み、それから話を聞こう。鳥居がなぜお三和さんの父親の仇なのか、何があったのか」

「乱さんの言う通りだ。みなで茶でも飲もうぜ」

代助が言い添えた。

三和の細い肩が震え、涙がしたたり落ちた。

無理もない。さぞかし心細い思いをしているのだろう。十二年前、乱之介もそうだった。身体にたぎる怒りが、かろうじて心細さを忘れさせた。


内証には火鉢に炭が熾《おこ》り、五徳《ごとく》に架けた鉄瓶《てつびん》がやわらかな湯気をのぼらせていた。

一服の暖かい茶が、三和の昂ぶりを癒したかのようであった。

「なるほど。辻という侍が小人目付なら鳥井耀蔵の腹心なのだろう。小人目付衆は各々の目付の配下にあってその指図で動く。辻が鳥井の命を受けお父上を襲ったのは間違いない。で、目付鳥居耀蔵とお父上はどういうかかわりがあった」

「父は河岸《かし》八町《はっちょう》米仲買《こめなかがい》仲間が米の買占めと売り控えで江戸の米相場を高値に操っている手法を前から批判していました。たまたま父の門弟に、関東米穀三組問屋の八幡屋京左衛門さんという方がおられ、その方を通して仲買仲間に米の不当な操作を止めるように申し入れたのです」

「米問屋の八幡屋京左衛門は、聞いたことがある」

「けれど仲買仲間には相談役に目付鳥居耀蔵が就いていて、鳥居は八幡屋さんの申し入れに憤《いきどお》り、八幡屋さんの問屋株を召し上げると逆に叱責《しっせき》を加えたそうです。八幡屋さんはひどく怯えて、蝮《まむし》、妖怪と呼ばれている鳥居をこれ以上怒らせては後が恐いと言っておりました。父は、ならば自分が言うしかないと考えていました。わたくしも父の身が案じられてなりませんでした」

「お父上が言い残した鳥居と辻の名は、町方に伝えたのか」

「いいえ。藤次とともに、父の仇の鳥居と小人目付の辻政之進を討つと誓いましたので。この三月の間、鳥居の周辺を藤次と二人で調べ、ようやく昨日、脇店八箇所組米屋の元締めと鳥居が永代寺の僧房を借りて密談することをつかんだのです」

密談だとしても、たった二人で鳥居らを襲うなど無謀にすぎる。

「お父上には門弟が幾人もいたのではないか。門弟たちの助けをなぜ借りなかった」

「初めはともに、と言ってくれた門弟たちも、ときがたつうちに鳥居耀蔵を恐れて、ひとり去り二人去りして、結局はわたくしと藤次だけに……」

乱之介は代助と目を合わせた。

「乱さん、鳥居耀蔵なら」

代助が言った。

羊太と惣吉を見ると、おれたちはいいぜ、とでも言うようにそれぞれ頷いた。

お杉は三和の隣で、「どうしたもんかね」という顔付きをした。

三和を突き放すことはできなかった。と言って、乱之介らが三和に手を貸すことは自分らと同じ修羅の道に三和を引き入れることにほかならなかった。

だが、修羅の道へ進まずして、怒りと憎しみ、そして憐《あわ》れみを道連れにせずして、人の世の、一片の遺恨すら晴らせはしないだろう。

「おれの父は斎権兵衛という小人目付だった。父は人買からおれを憐れんで買ったのだ。血のつながりはない。お杉さん、どういう経緯であれ、おれを斎権兵衛の倅にしてくれたことを心から感謝している」

ばつが悪そうに肩をすぼめ膝の手をすり合わせているお杉に、乱之介は微笑んだ。

そして二十二年前から始まった、名もない浮浪児ではなく、乱之介になった己を振りかえった。

日本橋濱町堀に近い小人目付斎権兵衛の古びた粗末な屋敷が、乱之介の新しい住まいだった。それでもその住まいは、永代寺本堂の床下とは天と地の開きがあった。

父に手を引かれ大川に架かる大きな橋を渡ったあのとき、橋の半ばで乱之介は天空の彼方に盤踞《ばんきょ》する巨大な城の杜《もり》や甍《いらか》を眺めた。

あのとき城は、身震いするような、恐ろしくて逃げ出したくなるような、得体《えたい》の知れぬ無気味な威光を放っていた。

おれはこれからどうなるのだろう、と初めてそんなことを思った。

父上——と呼ばされた。だが権兵衛は厳格な、そして慈愛に満ちた師匠だった。

住まいに着いたそのときから、乱之介と父権兵衛との暮らし、と言うよりもまったく初めての厳しく苛烈《かれつ》な修行の日々が始まった。

水汲《みずく》み、薪割《まきわ》り、掃除、洗濯、飯炊き、それに、字を習い本を読み、生きるための世の中の知恵を身に付けた……

それから一年がたって住まいの狭い土間で、武闘の修練が始まった。

父権兵衛から次々と技を授けられ、乱之介はそれを己のものにしていった。

「相手の懐三尺まで飛びこみ、闘え。相手は怯《おび》え、怯《ひる》み、乱れる」

「早さは身体の筋を鍛えれば身に付く。獣《けもの》のように走り鳥のように羽ばたくのだ」

「持久の力は、やわらかな身体と心の臓が勝負を決する」

父権兵衛はそう説き、乱之介に実践させた。

同時に薬草の見分け、算勘《さんかん》の術、火薬の調合も教えられた。

そして人としての良知……

乱之介が小人目付権兵衛の手先として働き始めたのは十三歳のときだった。

そしてあの十六歳の秋の日がきた。

あれが、父との別れだった。ひとはみな、生きるために苦悩を身に付けねばならぬのか。

本当にそうなら、おれは……

荒野にさまよう野獣が狙った獲物《えもの》を一撃で仕留め、血を滴《したた》らせて肉を食い破り、天空に歯向かう牙《きば》を研ぐように、誰にも負けず、誰よりも強く、と十六歳の乱之介はたぎる心の中で思ったのだった。

洲崎弁天にのぼった朝日が、板戸の隙間から差した。

石垣下の海辺では蘆荻《ろてき》が音もなく海風になびいて、朝焼けの青く染まり始めた空にちぎれ雲が彼方の沖合いより流れてくる。

隼《はやぶさ》が海辺の小鳥を狙ってか、それとも仲間を呼んでか、きっ、きっ、きっ……と明けたばかりの空高く舞っている。

洲崎の遠浅の浜を満ちようとする潮が寄せては引き、繰りかえし洗っていた。

そんな洲崎弁天の、東隣にある船宿弁天のまだ板戸を閉じたままの店表の方へ、蓬《ほう》髪《はつ》に薄汚れた物乞いが、気だるげに歩いている。

乱之介は続けた。

十二年前、乱之介は小塚原に晒された父の首を見ることなく江戸を追われた。晒された父の首を見る必要はなかった。

父の首は十六歳の胸の中にあったし、それは二十八歳になった今もある。

江戸を追われて一箇月、会津《あいづ》西街道の宿場を訪ね歩いて、代助、羊太の兄弟を今市《いまいち》の宿でようやく見付けた。

兄弟が千住《せんじゅ》の馬喰に拾われ、永代寺本殿床下の浮浪児暮らしから馬喰の手下になり、その何年か後、会津西街道の仲付《なかつけ》駑者《どちゃ》という馬子に売られたという噂を聞いていた。

代助と羊太は、今市の宿場の納屋《なや》で開かれていた馬喰らの賭場《とば》にいた。

「おまえか、本当に、あのときの小僧か」

代助が駆け寄って、乱之介をまじまじと見廻した。

「代助兄さん、おれだ」

「おまえ、どうしてここにいる」

羊太が目を丸くし、乱之介の腕を取った。

翌日の午後、山王峠《さんのうとうげ》の脇道を抜け、会津へ向かう山道を、ぼろの着物に破れ菅笠《すげがさ》の代助と羊太、そして二人が見あげるほど背の高くなった乱之介が痩軀を運んでいた。

乱さん――と代助が初めて乱之介をそう呼んだ。

「おれたち、これから何をやって稼ぐんだい」

乱之介は足を止め、後ろへ残した山王峠と彼方の天空を振り仰いだ。

「おれを育ててくれた父が、己の心の奥底にある清き泉のごとき声に従い生きよと言った。そのために父は生き、そして、首を斬られた。おれは、父の志を受け継いだ倅だ。人の一生は短い。短くて結構だ。兄さん、羊太、おれと一緒にいかないか」

「いくって、どこへ……」

代助が訊いた。

「今はおれにもわからない。ただ、遠いどこかへだ」

乱之介は応えた。

代助は乱之介の心の修羅を見つめ、それから不敵に応えた。

「いいぜ。乱さんといくぜ」

「おれもいく」

羊太が声を揃《そろ》えた。

三人の旅はそうして始まった。乱之介、十六歳の冬だった。

惣吉とは、その四年後、常陸の銚子港《ちょうし》で出会った。
惣吉は船着場の人足をしていた。
元は安房勝山の鯨組羽刺《はざし》という漁夫の見習いだった。
六尺四寸を超え、力自慢の大男だった。
漁夫の間では、今に惣吉は勝山一の羽刺になるだろうと言われていた。
ところが漁夫の兄弟子と酒場で喧嘩になり怪我を負わせ、勝山にいられなくなった。
安房を逃れ江戸へ出たが、たちまち食いつめた。
巨大な身体を使い、懐の暖かそうな通りかかりに「金を出せ」とやった。
いき着いた処《ところ》が小伝馬町牢屋敷の大牢だった。
その大牢で惣吉は不思議な男を見た。
ある日、自分と同じ年ごろの、背は高いが痩せた童顔の男が牢に入ってきた。
牢内の噂では、米河岸の米屋に白昼堂々押しこみに入った一味、という男らしかった。
惣吉は、童子の面影を残した男の物憂げな様子がなぜか気になった。
牢名主が命じて、男に仕置が加えられた。
牢内で生き延びたければ、大人しく仕置を受けるしかない。仕置で命を落とすかも知れないが、生き延びる望みも残っている。牢内で死んだ者はみな病死である。

牢内役人下座の六人がきめ板を振るって仕置を始めた。

その六人が男に打ち倒されたのは束の間だった。

牢内に悲鳴と悶《もだ》えと泣き声が流れた。二人の牢内役人が息絶え、ひとりは両目を潰された。後の三人は身体付きが変わるほど痛め付けられていた。

惣吉はどうしてそうなったのか、不思議でならなかった。

「次におれに触れるやつがいたら、おまえの舌を引き抜く」

童顔の男は牢名主に言った。

牢名主が震えあがったのを、惣吉は覚えている。

しかし、男はそれから夜になっても横たわらなかった。暗闇《くらやみ》の中で修行僧のように胡座を組み、息さえしていないみたいだった。惣吉は郷里の寺の阿弥陀如来《あみだにょらい》の座像を見ている気がした。

牢内の男らがささやき合っているのを聞いた。

「眠っている間に仕かえしされるのを警戒してるだで。あれでどこまで持つだかな」

惣吉は男が阿弥陀如来ではなく、自分と同じ人だと思った。

ある夜、惣吉は男の側へそっと這っていった。

すると男の闇の中に燃える目が見開かれ、惣吉の喉首をつかんだ。

息ができなかった。

「ち、違う。寝ろ。し、心配ねえ。おらが、かか、代わりに見張ってやる。安心して、寝ろ。苦しい。手を放せ」

男は喉首の手をゆるめた。何も言わず長い間、惣吉を見つめていた。

それからやはり黙ったまま静かに横たわり、安らかな寝息を立てた。

暗闇の中でも、童子のようなあどけない寝顔がわかった。

惣吉はこのひとときの間、己がこの男に必要とされていることに喜びを覚えた。

守ってやらねばならねえ、と暗闇の中で思った。

惣吉は男より先に牢屋敷を出て、石川島の人足寄せ場へ収容された。

およそ三年の懲治《ちょうじ》で、手に左官《さかん》の職を付けた。

懲治を終え浅草のある親方に雇われたが、そこでも親方と反りが合わなかった。

結局、江戸を出て無宿渡世に身を沈めた。

八州を流れ歩き、銚子の船着場で船の荷揚げ人足に使われていた。

江戸を出て一年ばかりがすぎた文政の終りの春だった。

船荷の山を背負って船着場へあがったとき、数年前、江戸の牢屋敷で一緒だったあの童顔の男を見かけたのだった。

男は三度笠に縞《しま》の廻《まわ》し合羽《がっぱ》を羽織り、旅暮らしの精悍《せいかん》な顔付きになっていたが、童顔の面影が残っていた。

「兄さん、あのときの兄さんじゃねえか。四年前かそこら、江戸の小伝馬町の……」

惣吉は男に駆け寄った。

男は振り向き、あのとき闇の中に燃えていた目を見開いた。

「そうだ。間違いねえ。兄さんだ。おらだ、おらだよ……」

惣吉は男を抱き締めたいほど、懐かしかった。

「ああ。あのときの、おれを寝かせてくれた、兄さんか」

「覚えていてくれたかい」

「忘れるもんか。おれを寝かしてくれた、命の恩人だ」

男が惣吉の手を強く握った。

「本当によく、よく生きて、いなさったねえ。兄さん」

手を握りかえし、こぼれそうになる涙を堪《こら》えた。

「今は、仲間と一緒に当てのない旅暮らしの身さ。兄さんこそどうして」

「おらかい。おらも同じさ。いつの間にか無宿渡世になっちまった」

惣吉は乱之介の仲間を見た。

二人の同じ年ごろの男がいた。同じ三度笠に縞の廻し合羽だった。

一体どういう仲間なんだろう、と心惹《ひ》かれた。

「兄さん、おらあ惣吉って言うんだ。当てのない旅暮らしなら、おらも……」

惣吉は背中の荷物を投げ捨てた。惣吉は男に付いていこうと決心した。

「おらも、仲間に加えてくれよ」

わけなどなかった。ただそうしたいと無性に思った。たとえ地獄でもこの男が眠れるよう、側にいて童子のようなあどけない寝顔を見ていてやろう、と思った。

お杉は初めて聞かされた乱之介の半生に呆然《ぼうぜん》とし、唇を震わせていた。

「お三和さん、おれたちと一緒にこないか。戻ることのできない険しい道だが、あんたさえよければおれたちと一緒に……」

乱之介はぽつりと言った。

七

その日の夕刻、永代寺門前仲町と門前町の境の深川摩利支天横町から仲町側へ入った一画にある岡場所の小路を、羊太は急いでいた。

「やべえ、こんな刻限になっちまったぜ。兄貴と乱さんに叱《しか》られる」

羊太はくりくりとした丸い目をしばたたかせ、いき違う人目もはばからず、ぶつくさ呟いていた。

吉原を真似た張見世《はりみせ》の女郎が格子の窓から客を呼び、それも吉原の遊女屋を真似てかき鳴らされている清掻《すががき》の三味線が、どこかから聞こえていた。

夕暮れが迫り、女郎屋にはもうちらほらと軒提灯が灯《とも》り始めている。

その昼すぎ、ただでも少ない弁天の客足が途切れると、兄貴と乱さんは、

「体裁でも店は開けておかにゃあならねえ。しっかり、留守を頼むぜ」

と羊太に言い付け、出かけていった。

新しい仲間に加わった三和と言うとびきりべっぴんの娘は、疲れ切ったのと安心したのとで、二階の客座敷で昏々《こんこん》と眠りに付いていた。

おお、合点《がってん》だ、といつもと変わらず気楽に承知した。が、口うるさい兄貴や頭の乱さんの姿が見えなくなると、羊太の腹の底の虫が疼《うず》き出した。

羊太には、門前仲町の岡場所に馴染みの女郎ができていた。

隠してはいるが、惣吉には自慢でならないから話した。

「ぽっちゃりと気立てがよくてよ。色白でけらけらと笑う顔が可愛いんだぜ」

「お、おれも連れていってくれろ」

「うん、そのうちな。みなには内緒だぜ」

と隠しているつもりだが、兄貴の代助も乱さんもお杉ばあさんも本当は知っていることに気付いていなかった。

この刻限、客なんぞきやしねえ。ちょいとひと遊びして急いで戻ってくりゃあ兄貴にゃあ知られねえ。

都合よく考えて、こっそり出かけることにした。

惣吉は裏で諸肌《もろはだ》脱ぎになり薪を割っていた。お杉ばあさんは台所で洗い仕事をしていた。音を立てぬように足音を忍ばせたつもりだったが、表へ出た途端、お杉ばあさんに後ろから声をかけられた。

「羊太さん、どこへいくんだい。お店はどうするんだい」

「おう、お杉さん、ちょいと野暮用があってよ。ちょっとの間、店を頼まあ。客がきたら、上手《うま》いことあしらってよ。惣吉がいるしよ」

「またこれかい」

と、お杉が小指を立て、気持ちの悪い薄ら笑いを浮かべた。

「あんたは役者顔だから女郎にもてるのはわかるけどね。気をお付けよ。誰が見ているか、わからないんだからね」

「ああ、わかったわかった。すぐ戻ってくるからよ。土産《みやげ》、買ってきてやるぜ。何がいい。佐原屋の永代団子がいいな。な、な」

と言っておきながら夕暮れ間近のこんな刻限になってしまい、土産の買物どころではなかった。

ああ、困った、どうしよう——と、ぶつくさ言いつつ摩利支天横町の出入り口ですれ違った、ひとりのでっぷりと太った四十半ばほどの男に羊太は気付かなかった。

男は綿縞の長着《ながぎ》を裾端折り、股引《ももひき》黒足袋《たび》に草履《ぞうり》を鳴らし、突き袖をして岡場所へいきかけた身体をくるりと廻した。

「もしかしてあの野郎……」

と、男はすれ違った若い男を夕暮れの街角に険しい眼差しで追った。

そのときあの野郎はもう横町をどちらかに曲がり、姿が見えなくなっていた。

男は急いで八幡町の通りまで走り出た。

夕暮れの薄暗さと、通りかかりの賑《にぎ》やかな人影にまぎれて、野郎がどちらへ消えたのか、男にはわからなかった。

ちぇっ、と男は唾を吐いた。

「違いねえ。あいつだ」

男にはすれ違う際にはっきりと見た妙に生っ白い野郎の顔を思い描けば描くほど、間違いないと思えてくるのだった。

「野郎、江戸に戻っていやがったのか。身なりもちゃんとしてやがった。どうせ碌《ろく》なこたあやっちゃあいめえ。江戸にいやがるなら、そのうちとっ捕まえて思い知らせてやるぜ」

と呟きつつ、二十数年前、赤鼬《あかいたち》の文彦と呼ばれていた男は、夕暮れの通りを東へ西へと繰りかえし振りかえった。

それから数刻後、日本橋の大高札場へ差しかかった文彦は、ぼんやりと高札に貼り出した天保世直党の人相書を見あげていた。

文彦は字が読めなかったから、人相書の箇条を目でたどっているだけだった。

少々酒も飲んで、ほろ酔いだった。

高張提灯が高札をぼんやりと照らしている。

高札を見あげたまま、あのときの御高祖頭巾のお女中の顔を思い浮かべていた。

背の高い供侍と馬鹿でけえ中間は、菅笠で顔がよく見えなかった。

どんな面だったかな、とぼうっとして首をひねった。

大江は天保世直党に日本橋のこの高札場に晒されて以来、病《やまい》と称して奉行所に出仕していなかった。

寝こんでいる、誰とも会いたがらない、という評判だった。

確かに、大江と一緒に文彦もかどわかされ、たった二日、真っ暗闇の中にいただけで頭がおかしくなりそうだった。

大江は一日中、めそめそしていやがった。

無理もねえ、とは文彦も思う。思うが……

初めはおかしかったが、だんだん辛気臭《しんきくせ》え男だと腹が立った。

町方がだらしねえじゃねえか。普段は旦那風《だんなかぜ》吹かして偉そうなのによ、性根が折れちまったのかよ。

手先仲間に旦那を替えたい、と相談した。

「あんなに意気地《いくじ》のねえ旦那とは、思わなかったぜ」

と、散々愚痴《ぐち》をこぼした。

八丁堀同心の手先は、給金をもらって勤める雇い人ではない。年に三、四両の小遣をもらうし、町方限りの手形も持っている。が、十手は持てない。

手先の顔で近所を廻ると幾らか包まれる。それが主な稼ぎである。

そんなしけた稼ぎでも馬鹿にはならなかった。

小金を溜《た》めて女房に呑屋《のみや》でもやらせれば旦那から結構な金が出るし、手先が手先を、岡っ引が下っ引を抱えてちょっとした親分に収まるやつだって出てくる。

四十半ばの文彦に女房はいない。

下っ引のひとりや二人はいるが、幾人も抱えて親分風を吹かせる才覚もなかった。

「今さら大江の旦那から鞍替《くらが》えは難しいぜ」

と、知り合いの手先は言った。

わかっちゃいるんだがな。こりゃあ付いた旦那を間違えたかな、と人相書に並ぶ箇条を、ぼんやり眺めていた。

ん？　文彦は高張提灯の薄明かりが照らす人相書に顔が浮かびあがってきた。

どこかで犬が吠《ほ》えていた。「うるせえ」と思いつつ、なおも人相書に浮かんでいる顔を見つめた。

「あ……」

声がもれた。

散らかった空覚えが、偶然つながった。

文彦の開いた口が塞《ふさ》がらなかった。

背中を冷たいものが気色悪く這った。

まさか、と自分自身に訊き、間違いねえよ、と自分自身に応えた。

御高祖頭巾のあの女形だ。目だ。生意気な小娘を思わせる茱萸《ぐみ》の実みたいなあの日を見ればわかる。

夕刻、深川摩利支天横町の岡場所ですれ違った《あの野郎》だ。

間違いねえ……そう思うと足が震えた。

血の廻りの悪い頭の中で、二十数年前のときが流れていく。

深川で地廻りの破落戸《ごろつき》暮らしをやっていたころ、永代寺の床下をねぐらにしていた浮浪児の兄弟がいた。

性質《たち》の悪い兄弟で、人の家に忍びこんで銭を盗むわ、食い物をかっぱらうわ、の痩せこけた浮浪児だった。あいつらに懐を狙われた覚えもある。

すばしっこいちびの仲間がいやがったな、文彦は思い出した。

すばしっこいちびの仲間を、文彦はお杉の婆《ばば》あに売ったのだった。

あの後も、兄弟は永代寺の床下をねぐらにしていたが、何年かたっていなくなった。

どこかに売られたとも野垂れ死んだとも聞いたが、どうでもよかったから気にしていなかった。

浮浪児の年上の、反っ歯の顔がまざまざと甦った。

名前はなんだったか、確か、だい、だい……文彦は思い出せず、月代を剃った頭をもどかしげにかいた。

摩利支天横町の岡場所で見かけたあいつは、反っ歯の弟だ。

あいつら、もしかしたら、よ、よ、世直党の一味だったのけ。高札を見あげているうちに、わけもなくそう思えてきてならなかった。

そうだ、あいつらだぜ――文彦は夜更けの高札場の前で、腹のふくれた図体《ずうたい》を小躍りさせた。

それから文彦は顔を傾《かし》げた。

字も読めぬのに、人相書に見惚《みと》れている。

あの翁《おきな》の面を付けた頭は、どんな野郎だ。なぜか、昔、どこかで会ったことがあるような、そんな空覚えが、文彦の脳裡を廻った。

あんな凄い男は、おれの知り合いにはいねえ。

そう呟き、それでも文彦は首をひねり考え続けた。

四之章　奪還

一

また数日がすぎた。

惣吉が櫓《ろ》を軋《きし》らせる猪牙《ちょき》は、川幅十六間《けん》の大島川を滑っていた。

猪牙の胴船梁《ふなばり》にかけた羊太は、安物の魚油と潮臭さのかすかに漂う大島川の両堤を漫然と見やり、頬《ほお》かむりで隠した頬をぼそぼそとかいた。

羊太は賑《にぎ》やかな八幡町の通りをぶらつくのが好きだった。

八幡町通りをぶらつくと、浮浪児だった餓鬼《がき》のころが甦《よみがえ》ってくる。

今は、兄貴や乱さんらに船宿弁天の仕事を言い付けられていたから、勝手気ままにというわけにはいかなかった。

どうせ弁天にろくに客なんぞきやしねえ。格好が付かねえから開けているだけだ。とてつもねえ金を手に入れた。あの金のほんのちょびっとでもあれば、大名遊びをするんだがなあ。

それでも兄貴と乱さんの目を盗み、四箇月ほどの江戸暮らしの間に摩利支天横町の岡場所で少しは馴染《なじ》みの女郎ができた。

地下蔵のあの金を山分けしたら馴染みの女を身請けして……と、夢想が続いた。

大島川を蛤町《はまぐりちょう》までできたとき、羊太は惣吉に言った。

「惣吉、ちょいと寄りたい場所があるからよ。おめえも付き合え」

「え？　どこへいくんだよ。乱さんと代助兄さんに叱《しか》られるぜ」

「堅いこと言うねえ。夕刻までに戻りゃあいいんだ。夕刻までにゃあ、まだだいぶある。おれたちはよう、あんなに危ねえ橋を渡ってやり遂げたんだ。自分への褒美《ほうび》に、せめて寄り道ぐらいさせてもらったってばちは当たらねえと思うぜ」

「そうかもしれねえけど……」

「いいから、おれに任しときな。ふふ、いいところへ連れていってやるぜ。おう、あそこだ。止めろ」

躊躇《ためら》いながらも惣吉は、小橋の袂《たもと》の河岸場《かしば》に猪牙を着けた。

巨体の両肩を目立たないようにすぼめて、羊太の後ろに従った。

後ろめたさが惣吉の頰かむりの下の大きな顔を、よけいにおどおどとさせた。

羊太は身軽に蛤町の堤道を摩利支天横町へ折れ、狭い小路《こうじ》に軒を列ねる岡場所の木戸を軽快に抜けた。

小路には、女郎を物色する嫖客《ひょうかく》がそこかしこで見世《みせ》をのぞいている。

昼間から三味線の音《ね》や女郎の嬌声《きょうせい》が聞こえてくる。

女郎屋の若い者が「そこのお兄さん方……」と声をかける。

そうなると、惣吉も浮き立つ気持ちを抑えられなかった。

「ここだ。きな」

羊太が惣吉へ目配せし、女郎屋の暖簾《のれん》をさっとくぐった。

「へい。お二人さん、おあがりぃぃぃ」

若い者が見世の奥へ声をかけ、土間伝いに遣《や》り手《て》が下駄を鳴らして寄ってきた。

「あらあ、羊ちゃん、お見限りでしたね。花魁《おいらん》が寂しがってやしたよ」

花魁は吉原の遊女の階級だが、近ごろでは岡場所の女郎でも花魁で通る。

二間幅の土間から板敷があり、安普請《やすぶしん》の階段が二階へのぼっていた。

「ほんの二、三日、だけじゃないか」

羊太は嬉《うれ》しそうに、遣り手へ言いかえした。

長襦袢《ながじゅばん》に裸足《はだし》の女郎が階段を鳴らしておりてきた。

「羊ちゃん、嬉しい。やっときてくれたのね」

女郎が甘ったるい声を出した。

羊太はむろん、船宿弁天の名前は教えていないが、自分の名前ぐらいなら知られても大丈夫だろうと思っていた。

「このでかいのはよう、おれの幼馴染みなんだ。こういうところはあまり馴れてねえから、ちょいと遊ばせてやってくんな」

と、いつの間に拵《こしら》えていたのか、遣り手の掌《てのひら》にはなを握らせた。

「あいよ。お任せ」

遣り手が胸を叩《たた》いて見せた。

「じゃ、後でな」

羊太は惣吉に言い残し、さっさと板敷へあがり、女郎に手を引かれ階段を足早にのぼっていった。

「でかいね、兄さん。どんな女がお望みだい」

遣り手が鉄漿《おはぐろ》を無気味に光らせ、「お杉ばあさんにそっくりだ」と、惣吉を震えあがらせた。

　そのとき岡場所の表木戸脇《わき》の番小屋にいた文彦は、格子《こうし》の明かり窓から暗い部屋へ見かえった。

「よし。あの野郎だ。早速《さっそく》のお出ましたあ、愉快じゃねえか。間抜けえ。世直党の尻《しっ》尾《ぽ》をつかんだぜ。おれはここで野郎を見張ってるからよ、おめえ、すぐに八丁堀の大江の旦那《だんな》に事の次第を知らせろ。それからできるだけ大勢の仲間あ集めろ」

　部屋には女郎を見張る看板の男らの中に、文彦の下っ引がいた。

「承知しやした」

　下っ引は腰高障子《こしだかしょうじ》を、ぱあんと開けて飛び出ていった。

「町内を騒がせるが、お上《かみ》のご用だ。ちょっとの間、目えつぶっててくれ」

　文彦は看板の男らに言った。

「お上のご用とあっちゃあしょうがあるめえ。事と次第によっちゃあ、おれたちも手え貸すぜ」

　中でも特に人相の険《けわ》しい男がかえした。

「ああ、そういうことになったら頼まあ」

　文彦は格子越しに、羊太らが暖簾をくぐった女郎屋の店先を睨《にら》んだ。

それから一刻《いっとき》がたった。

深川洲崎弁天は、午後の日がだいぶ西へ傾き、夕暮れにはまだ間があるものの、参《さん》詣客《けいきゃく》が退《ひ》ける刻限が近付いていた。

その弁天前町の鳥居脇から通りを東へ少しいった道端に、物乞いが通りがかりに銭を乞うていた。

物乞いのうずくまっている道端から、さらに東へ十間ほどいったあたりが船宿弁天の店表だった。

店表の通りを挟んで堤をくだった掘割に板桟橋があり、黒い杭《くい》が二本、ひっそりと水面《みなも》に立って、きりぎりすが舫《もや》ってあった。

もう一艘《そう》の猪牙は出払っていた。

物乞いの背後は弁天の低い垣根が囲い、垣根の中の境内《けいだい》には樹林が繁《しげ》っていた。

垣根には人ひとりが通れるほどの破れがあって、その気になれば物乞いはすぐに境内の樹林の陰に姿をくらますことができた。

物乞いは終日その道端にうずくまり、石像のように動かなかった。

だが石像ではなく、うな垂れて蓬髪《ほうはつ》が落ちた間から用心深げに光る目が、弁天の店表へ絶えずそそがれていたのだった。

そこへ弁天の障子戸が開き、奉公人の代助が寛《くつろ》いだ着流しで堤道を歩いてきた。

代助は草履を呑気《のんき》に鳴らしつつ、物乞いの方へ歩んでくると、物乞いの前に立ち止まり、数枚の銭を碗《わん》へちゃりりんと投げた。

物乞いがうなって蓬髪の頭《こうべ》を垂れた。

「人通りの少ないここらあたりじゃあ、稼げないね」

物乞いの前へかがんで笑いかけた。

「へへえ。あっしらにも縄張りがありやして、どこでもというわけにいかねえんで」

物乞いがうな垂れたまま低く応《こた》えた。

「けど、よく我慢して座っていられるねえ」

「慣れりゃあ、別に」

「よっぽどうちのことが気になるんだね。片ときも目を離さねえ」

言われて物乞いは上目使いに代助を見あげた。

不敵に笑っていた。

物乞いは目を落とし、首を左右にゆっくりひねった。

「うちで飯でも食うかい。毒は入ってねえよ」

代助は懐《ふところ》に手を入れていた。

「お目障《めざわ》りで、ごぜいやしたか」

物乞いがかえした。

「そういうことじゃねえよ。誰《だれ》だい、あんた」

言った途端、うずくまっていた物乞いの身体が跳ねあがり、束《つか》の間《ま》の隙《すき》も見せず背後の樹林へ走りこんだ。

物乞いの蓬髪へ石飛礫《いしつぶて》が、ひゅうんと飛んだ。

だが樹林の枝と幹に阻《はば》まれ、打ち落とされた枝が物乞いの肩へ落ちた。

物乞いは樹林を抜けた。そこは洲崎弁天社殿の裏手である。

だが、物乞いが走れたのはそこまでだった。

物乞いの首筋で刀が冷やかに鳴った。

社殿裏に出た刹那《せつな》、刀が首へ押し当てられ、今にも肉を嚙《か》みそうだった。

それ以上身体《からだ》を逃がせば、首筋に刃《やいば》が食いこむだろう。

止まるしかなかった。

刃は物乞いの顎《あご》を持ちあげた。身動きができなかった。

うう……と呻《うめ》いた。

後ろから追いかけてくる代助の足音が止まった。

「無駄だ。大人《おとな》しくしろ」

刀を突き付けた男が言った。

眼差《まなざ》しだけをかろうじて男へ流した。

鋭い目付きだったが、面影に昔と変わらぬ憂いを湛《たた》えた男だった。

背は高く痩《や》せていて、十二年前のときが淡く甦ってくる。

「刀をおろせ。逃げはせぬ。もう観念している。斬《き》るなら侍らしく斬ってくれ」

物乞いは懐から懐剣を取り出し、捨てた。

「進め」

物乞いは逆らわずに前へ進み、後ろの代助が懐剣を拾いあげた。

「何者だ」

代助は後ろから物乞いの懐剣を突き付けた。

「おれの名は、乱之介に、き、訊《き》け」

えっ――代助は驚きの声をもらし、乱之介を見た。

乱之介は刀を物乞いの首筋から離さず、じっと一点を見つめていた。

「誰なんだい」

代助が訊くと、乱之介の強張《こわば》りがふっと解けた。

真一文字に結んだ唇を、いたずら小僧のように撓《たわ》めた。

乱之介は刀をおろした。

「森のおじさん、ご無沙汰《ぶさた》しておりました。兄さん、もういいよ」

代助を促《うなが》した。

代助の懐剣がおろされ、小人目付森安郷は身体の力を解いた。

「江戸払いのおまえを千住まで見送ったとき、いつかはこういう遇《あ》い方をする日があるかもしれぬと、そんな気が兆《きざ》したことを今思い出した」

乱之介は応えも訊《たず》ねもしなかった。

「検使の同心に目をつぶってもらい路銀をわたそうとしたが、おまえは受け取らなかったな。あのとき、そう思ったのだ」

森は大きく、ゆるやかに肩を波打たせた。

「おまえは、金が要《い》るときは奪った者からいただく、と言った」

午後の空に隼《はやぶさ》が舞っていた。

「おじさんは、生き抜け、と言われた」

「おまえは死にはしません、と応えた。おれを嘲笑《あざわら》うような笑みを浮かべてな。生き抜いた意味が、今のおまえか」

刀を片方の手に提げた黒鞘《くろざや》に納めた。

「自分の命に意味を求めたことはありません。ただ、定めに従った。定めがわたしを生かし、こうなった。それだけです」

「違うぞ乱之介。おまえの命は甘粕克衛さまがご執政に直訴《じきそ》して助けられた。親父《おやじ》どのがおまえの助命を克衛さまに願い、克衛さまは必ず助けると約束なされた。十二年前、上さまのご意向と称して鳥居耀蔵さまは厳罰に処すべし、という主張を崩されなかった。克衛さまは、職を辞することと引き換えにご執政方へおまえの助命を嘆願なされた」

乱之介は微動だにしなかった。

そのとき、海風が境内の木々をさやさやと騒がせた。

「おまえほどの男が、違う生き方があったはずだ。権兵衛はそれを知っていた。だからおのれの命よりおまえの命を惜しんだ。小塚原で克衛さまがおまえの無事を伝えたとき、死をも恐れぬ権兵衛が男泣きしたぞ」

「父は父、わたしはわたしだ。あなたにわたしの何がわかる」

隼が遠い空で鳴いた。

乱之介は代助へ踵《きびす》を廻《まわ》した。

「兄さん、いこう」

代助はしばらく黙っていた。訝《いぶか》しんで乱之介を見つめた。それから、懐剣を鞘に納め、森の足元へ捨てた。

二人は呆然《ぼうぜん》と佇《たたず》む森に背を向け、林間の小道を取った。二人の背中に、

「二刻《ふたとき》だ」

と、森が言った。

「天保世直党捕縛《ほばく》は町方《まちかた》のみならず、水野忠邦さまらご執政方よりお目付甘粕孝康さまにもくだされている。孝康さまは克衛さまの倅《せがれ》であり、おまえと同じ二十八歳。われらのお頭《かしら》だ。孝康さまとここへ戻ってくるまで二刻。猶予《ゆうよ》はそこまでだ」

二人は立ち止まらなかった。

木立ちの陰にまぎれて境内へ振りかえると、森安郷の姿はもう消えていた。

「すまない、代助兄さん」

並びかける代助は、いいんだと首を振った。

「乱さんの決めることさ。思う通りにしな」

代助はいつもの笑みを作った。

二人が境内から堤道へ出たとき、入り堀の桟橋にきりぎりすと猪牙がつながれていた。

「羊太と惣吉が戻った。二刻《ふたとき》だ。急ごう」

言っているところへ、表戸からお杉と三和が慌《あわ》てて出てきた。

「乱之介さん、代助さん……」

お杉が呼びかけ、三和は白い顔を紅潮させていた。

二

四半刻後、二挺立《にちょうだ》てきりぎりすと猪牙は木場の入り堀から仙台堀へと漕《こ》ぎ進んでいた。

青空を残した空の西の彼方《かなた》は、夕焼に染まり始めていた。天空の下には巨大な城壁と杜《もり》がそびえて見えた。

数羽の烏《からす》が、二艘の上空を城へ目指していた。

櫓を漕ぐのはきりぎりすが惣吉、猪牙が代助だった。

乱之介と三和は、掩蓋《えんがい》の下に身をひそめていた。

四人は昼の残光の下、あえて全身黒ずくめに拵え、下には鎖帷子《くさりかたびら》、細袴《ほそばかま》を黒の脚半《きゃはん》で絞り、黒足袋草鞋《くろたびわらじ》、菅笠《すげがさ》で黒頭巾《くろずきん》の頭を隠した。

そして乱之介は大小二本を帯び、代助、三和、惣吉の三人は一尺九寸の長脇差《ながどす》で固めていた。

櫓を漕ぐ惣吉と代助は、怪しまれぬための用心に水夫風体《かこふうてい》の蓑《みの》をまとって黒装束《くろしょうぞく》を隠した。

仙台堀に架かる上の橋をくぐり、大川へ漕ぎ出た。

大川を跨《また》ぐ新大橋を、夕刻の近付く刻限を急ぐ人々がいき交っている。

三和の白い顔が、掩蓋の暗がりでも紅潮しているのが見て取れた。

「お三和、大丈夫か」

乱之介は三和の手を握った。

三和の小刻みに震える手が握りかえしてきた。しかし、

「心配ありません。働いて見せます」

と、乱之介の目を見つめて図太く応えた。

惣吉は頭を抱え、呻くように言った。

「どうしようもなかった。役人と手先らが束になって踏みこんできやがった。あっと

いう間だった。役人は八丁堀同心のあいつだ。この前かどわかした大江とか言う。あのときの手先もいやがった。あの野郎、羊太を十手《じって》で繰りかえし、繰りかえし痛め付けやがった。くそお、ぶっ殺しておきゃあよかった」

女郎屋の床板を踏鳴らし乗りこんできた同心と手先らは、晒《さら》しに褌《ふんどし》ひとつの羊太を岡場所の小路へ引きずり出した。

羊太はそのときすでに、顔中血だらけになっていた。

役人らは羊太をがんじ搦《がら》めに縛りあげ、引っ立てていった。

惣吉は知らぬ振りをした。

急いで着物を付け頬かむりをし、身を小さくして階段をおりた。

みな羊太が引っ立てられていく様子に気を取られて、惣吉に気付かなかった。

女郎屋の裏手へ廻った。

そこへ遣り手が走ってきて、

「お客さん、羊ちゃんが、羊ちゃんが……」

と、慌てふためいて言った。

惣吉はしわくちゃの遣り手を睨みおろし、「静かにしろ」と凄《すご》んだ。

遣り手は口をあんぐりとさせ、動かなかった。

門前仲町の岡場所から蛤町の路地を抜け、大島川の猪牙へ戻った。

文彦が大男の連れがいたことを思い出し女郎屋の二階へ駆けあがったとき、惣吉はすでに猪牙を洲崎へと急がせていた。

「代助兄さん、すまねえ。おら、羊太を助けられなかった。羊太を見殺しにしちまった。勘弁《かんべん》してくれ」

惣吉は泣き声になった。

「泣くな惣吉。おめえまで捕まったら誰が知らせるんだ」

代助は内証《ないしょう》から脇差《わきざし》を一本つかみ、土間へ飛びおりた。

乱之介は両手を広げ、代助を止めた。

「乱さん、いかなきゃならねえ。こんなときに岡場所なんぞにしけこみやがって、仲間に迷惑かけた。どうせ打ち首なら、おれがあの大馬鹿野郎に止《とど》めを刺してやる」

「兄さんひとりではいかせない。羊太が引っ立てられたのは間違いなく南茅場町の大番屋だ。羊太はそこで責問《せめど》いを受けているだろう。みなで大番屋を襲い羊太を助ける。生きるも死ぬも一緒だ。この宿は今を限り。金以外の荷物は捨てる。急いで支度しろ」

代助、惣吉、三和、お杉が、力強く唇を結んで頷《うなず》いた。

「お杉さん、おれたちは羊太を助けてそのまま江戸を離れる。お杉さんには頼みたいことがある」

乱之介はお杉へ言った。

きりぎりすと猪牙は、三ツマタから武家屋敷の土塀が両堤に列なる掘割を進んでいく。

白壁の土塀の上に、木々が濃い枝葉を繁らせていた。

永久橋をくぐって箱崎町の町並が左堤に始まる。

右手の行徳河岸《ぎょうとくがし》をすぎ、箱崎橋をくぐると茅場町と小網町の土手蔵の間を流れる川へ入る手前の川縁《かわべり》に代助は猪牙を止め、切岸《きりぎし》に生えた蘆《あし》の中に棹《さお》を突き立て、舳《みよし》の綱をくくり付けた。

千両箱は三枚の畚《もっこ》に隠してさりげなく猪牙のさな板に転がしておいた。

それからきりぎりすへ飛び移った。

川を右手に曲がれば、南茅場町大番屋までさして遠くはない。

川の両堤には、南茅場町の土手蔵や小店《こだな》が川縁一帯に列なっている。

対岸の小網町三丁目の通りにも、老舗《しにせ》商家の豪壮な蔵が建ち並んでいた。

ゆく手の切岸の堤に、狭い雁木《がんぎ》が見えてきた。

きりぎりすはその雁木を見据えつつ、近くの川縁へ漕ぎ寄せた。

川縁の水草をわけ、雁木の下の船留の杭に船縁を鈍い音をたてて擦った。

惣吉がきりぎりすの縄を杭にくくると、身体《からだ》をかがめ掩蓋の中へ入ってきた。

四人は顔を見合わせ、頷き合った。

乱之介は大番屋の見取り図を筆書きした白紙《しらかみ》を三人に見せた。

「ここに張番や同心らが詰めている。これが鞘《さや》土間だ。鞘土間に牢《ろう》が並んでいる。羊太はその中のひとつに入れられている。おれが初めに番屋へ飛びこむ。次に代助兄さん、惣吉だ。乱戦になる。その隙に兄さんと惣吉で羊太を救い出せ。錠前は惣吉の力で、ぶち壊せ」

「おお、任せてくれ」

「わたしは？」

「お三和はここに残り、船を守れ」

「わたしも、みなと一緒に戦います」

「違う。やつらはおれたちのきりぎりすを知っている。騒ぎが始まれば中にはきりぎりすを探すやつが必ず出る。そいつらから船を守るのだ。蠟燭《ろうそく》の火を絶やすな。逃げるとき、これを使う」

乱之介は爆薬の玉を数個入れた袋と弓と矢を用意していた。

火薬の調合法は、父権兵衛より教えられた武闘術のひとつである。

袋を三和に渡し、

「弓は使えるな」

と確かめた。

「はい。父に教わりました」

「ふむ。当らなくてもいい。ためらわず、恐れることなく力強く弓を絞り、放て。襲ってくる者を怯《ひる》ませるのだ」

三和は懸命に頷いた。

「よし。面をかぶれ。おれたちの性根を見せるぞ」

と、翁《おきな》、般若《はんにゃ》、鬼、烏の面を付けた。

三和の面は般若である。

「兄さん、たとえおれが遅れても構わず船を出せ。落ち合う場所は手筈《てはず》通り。ひとりでならなんとしても切り抜けて見せる。いいな」

「乱さん……」

「四の五の言うな。頭はおれだ。おれの言う通りにしろ。わかったな」

「わ、わかった」

烏の代助が応えた。瞬間、

「いざ」

と、翁は身を隼のように翻《ひるがえ》した。

烏と鬼が追う。

三つの黒い塊《かたまり》が次々ときりぎりすから飛びおり、狭い川縁を身をかがめて駆けた。

対岸の小網町も此岸《しがん》の南茅場町も、十手蔵がつらなり、人目にはつかない。

翁は雁木を駆けあがると、そこは土蔵造りの店の下り酒問屋の背戸《せと》だった。

障子戸を軽やかに開け放った。

手代や小僧や下男らが啞然《あぜん》と見つめている土間を走り抜ける。

きゃあっ。女の悲鳴が絹を裂いたのは、霊岸橋《れいがんばし》から表南茅場町へ続く通りへ飛び出たときだった。

黒い翁と烏と鬼の突然の出現に、通りは騒然と沸き立った。

「世直党だあっ」

通りかかりのの誰かが叫んだ。

人々は両側へ道を開き、わあぁ……と喚声がどよめいた。

男も女も道の左右へ一斉に逃れ、両脇に人垣ができた。

翁と烏と鬼はその間を、喚声に包まれ駆けに駆けてゆく。

大番屋と南茅場町の町名を記した両開きの障子戸を居合わせた同心が開け、「なんの騒ぎだい」と顔を出した。

同心は人垣の間から迫る三つの黒い影を認め、口をあんぐりと開けた。

三

南茅場町大番屋の鞘土間奥にある、大番屋では一番広い六畳ほどの牢で、羊太は天井から逆さに吊《つ》るされていた。

気を失うたびに桶《おけ》の水を浴びせられ、気が付くと一尺九寸周囲三寸の笞杖《ちじょう》の殴打が、背中、臀部《でんぶ》、腿《もも》、腹や胸、へ容赦《ようしゃ》なく降りそそいだ。

悲鳴をあげたのは、最初の数度、気を失うまでだった。

「糞が。おめえらのねぐらなんぞ吐くんじゃねえぞ。吐くんじゃねえ」

罵《ののし》りながら、憎しみに満ちた大江勘句郎の責問《せめと》いは執拗《しつよう》を極めた。

穴倉に閉じこめられた恐怖の怨念《おんねん》を、一気に晴らそうとしているかのようだった。

大江が草臥《くたび》れると、文彦と下っ引が代わって打ち続けた。

交代でやって、三人とも汗まみれになった。

羊太の全身は皮が破れ、血がだらだらと垂れた。

ひと打ちごとに血飛沫《ちしぶき》と、断末魔《だんまつま》の呻き声が飛んだ。

口からも鼻からも、血が噴いた。笞杖は真赤になっていた。

「しぶてえ野郎だ。おい、喉《のど》を湿らすからちょいと酒を買ってきてくれ。務め中だろうがかまやしねえ」

大江が肩を上下させ、荒い息をついた。

「まだかかりそうだ。食い物も買ってきやしょう。張番《はりばん》の方《かた》、お願えしやす」

文彦が鞘土間先の張番所に声をかけ、牢が開けられた。

文彦と手先が牢を出ると、張番は血まみれで逆さ吊りになった羊太を一瞥《いちべつ》して顔をしかめ、それから錠前をおろし張番所へ戻っていった。

逆さ吊りの羊太と二人になった大江は、ぺっと唾《つば》を吐いた。

「いいか。どっちにしろおめえは獄門《ごくもん》はまぬがれねえ。何もかも吐きゃあこんなことはしなくて済むんだ。早く楽になりてえだろう」

大江は笞杖の先で羊太の血だらけの顔を突《つつ》いた。

羊太の身体が軒にさがった看板みたいにゆれた。

「………」

羊太が何か言ったみたいだった。

大江は顔をゆがめ、用心深く近付けるとかすかに言葉が聞き取れた。

「地獄で、待ってる……地獄で……」

「こ、この野郎っ。まだ足りねえかあ。そらあっ、そらあっ」

笞杖を左右から浴びせる。

呻き声すら途切れかけていた。

と、そのとき大江は、大番屋の外で波打つようなざわめきが起こった。

なんだ？　と頑丈な柱を三寸幅間隔に立てた前面の柵《さく》越しに張番所を見た。

張番所は鞘土間の向こうにあり、数名の張番とほかの囚人の取り調べにきた廻り方の青木慎太郎が床几《しょうぎ》に掛けていた。

張番らと青木が表の騒ぎ声に気を取られているふうだった。

「どうしたんだい」

大江は張番所へ声をかけた。

青木が腰をあげ、表戸の方へ姿を消した。

障子戸を開けたらしく、騒ぎ声が一段と高くなった。

大江は糸瓜《へちま》のようにぶらさがっている羊太へ見かえり、ふん、と嘲笑った。

そのとき、「わあわあっ」と張番所で喚声が起こった。

大江が振り向いた。

大江は唖然とした。それから、唇が震え始めた。

床几が引っくり返り、張番らが土間を転げ廻っていた。

ひっくりかえった床几がけたたましい音を立てた。

黒羽織の青木が、前のめりに張番らの上に倒れかかる。

最初に見たのは黒装束の翁だった。

青木が土瓶《どびん》を拾って翁に投げ付け、空《むな》しく鞘土間へ転がった。

翁が青木や張番らの頭上に刀を薙《な》ぎ、ぶうんと鳴った。

青木が頭を抱えた。

すると翁が俊敏に振りかえり、薙いだ大刀を鞘土間越しに大江の方へ突き付けたのだった。

翁の黄泉《よみ》の眼差しが、無気味に大江を見つめた。

大江の脳裡《のうり》に忘れかけていた穴倉の恐怖が、まざまざと甦った。

大江は、はじけるように後退《あとじさ》り、部厚い板壁に背中をしたたかに打ち付けた。
張番が六尺棒で打ちかかってきた。
乱之介はそれを払い、十手を抜きつつ起きあがった青木の顎を肘《ひじ》で突きあげた。
ぶはあっ。
青木は叫んで首を後ろへ折り、そのまま仰向《あおむ》けに転倒し棚を壊した。
逆襲する六尺棒が乱之介の胴へ突きこまれる。
咄嗟《とっさ》に身体を六尺棒に沿わせて、身体を張番の懐に入れ、六尺棒ごと腕を抱えた。
天井へねじあげると張番が悲鳴をあげた。
そこへ二人の張番も立て直し、ひとりは突棒《つくぼう》、ひとりは木刀を振りかざした。
「誰かあ、誰かあきてくれえ」
打ちかかりながら叫んでいる。
乱之介は腕をねじりあげた張番を二人へ投げ飛ばした。
張番はおよそ一間《けん》ほども飛んで二人ともつれ、腰かけを倒しながら折り重なり倒れた。
提灯や法被《はっぴ》や縄、捕り物道具などが崩れ落ちる。

火鉢が倒れ、灰がもうもうと舞いあがる。

乱之介は同心の青木へ切っ先を突き付け、

「無駄だ。大人しくしろ」

と、威嚇《いかく》した。そして鳥の代助と鬼の惣吉に「いけ」と、翁の顔を振った。

二人は鞘土間奥へ突進していく。

そのとき表から駆け付けた別の同心が、脇差をかざし乱之介へ斬りかかった。

乱之介は体を翻し、同心の一撃を易々《やすやす》とかわす。かわされた同心が前へ泳ぎつんのめった背中を、ひと蹴《け》りにした。

勢いあまった同心の身体は、堀川に面した弁柄《べんがら》の格子窓を突き破り、わっと川面《かわも》へ落下した。

「羊太、助けにきたぞっ」

代助が柱をつかんで叫んだ。

惣吉が石工道具の目切《めきり》の金具を使い、「ぐわっ」とひと声吠《ほ》え、錠前をねじり廻しはじき切った。錠前の金具が歪《いびつ》になって落ちる。

二人が飛びこむと、大江は「助けてえ、助けてえ」と声を裏返して喚《わめ》き、壁伝いに逃げた。脇差も十手も手にできなかった。

「おめえひとりなら、ひねり潰《つぶ》してやる」

惣吉が大江の顔を片掌で鷲《わし》づかみにし、反対側の壁へ放り投げた。

壁に打ち付けられた大江は、潰れるように突っ伏した。

「羊太を抱える。縄を切れ」

「おらが羊太を抱えるべえ。兄さんが縄を切れ」

惣吉の巨体が羊太の身体を持ちあげた。

代助が縄を切り、天井の梁《はり》から吊るされた羊太は惣吉の肩に落ちた。

と、壁際に突っ伏した大江が跳ね起き脇差を抜いて、

「糞があっ」

と、惣吉へ斬りかかるのを、扇のような掌で抜き身を払い、返す手の甲で大江の顎を砕いた。

大江の歯がばらばらっと吹き飛んだ。

左右によろめき、それから白目を剝《む》いて、手足を投げ出し仰向けになった。

「兄さん、いくぞおっ」

乱之介が叫んだ。

おお——代助と羊太を肩に抱えた惣吉が戸をくぐり、鞘土間を走る。

「おれは後ろだ。前をいけ」

乱之介は表の野次馬の群がりを差して言った。

代助が脇差を振り廻し表へ走り出て後ろから惣吉が巨体をゆらすと、野次馬のどよめきが三人を包んだ。

四

文彦は酒屋の土間から通行人のどよめきと、どよめきの中を走る黒い翁と烏、鬼を見た。

きやがった、あ、あいつらだ、と思ったが、「あわわわ」と喚き声しか出なかった。

「親分、親分」

下っ引が文彦の袖《そで》をつかんだ。

それでわれにかえり、咄嗟《とっさ》に二挺立てきりぎりすが浮かんだのだった。

間違いねえ。かどわかされたとき、やつらあ、きりぎりすを使っていやがった。

「ええい、放しゃあがれ。いくぞ」

と、怒鳴った。

文彦は世直党を追わず、下り酒問屋の軒先へ走った。

表に出てきた手代や小僧らが、一味を目で追っている。

「親分、番屋は反対ですぜえっ」

下っ引に応える間もなく、「どけどけえっ」と店土間へ飛びこんだ。

「背戸はこっちか」

店の者を払いのけ背戸を出て、狭い雁木をくだきそうな勢いで鳴らした。

堀川の川縁へおり左右を見廻すと、川下に舫《もや》う一艘のきりぎりすが見えた。

「見付けたあっ、あれだあ」

叫んだとき、後方の大番屋から窓格子を破って同心が川へ落ちた。

対岸の堤の通りかかりが喚声をあげた。

きりぎりすへ顔を戻した文彦は、掩蓋から出てきた黒装束の般若を見た。

般若は立ち尽くし、文彦へ怒りの相貌《そうぼう》を向けていた。

文彦は懐の匕首《あいくち》をつかんだ。

「捕まえろっ」

太い腹をゆすって川縁を走った。

と、般若が弓と矢を持っているのにそのとき気付いた。

弓矢をゆっくり番《つが》えている。

きりきりと絞って文彦に狙《ねら》いを定めた。

あっ、と思ったが足を止められなかった。

ひゅうん。

ずん。

放たれた矢が文彦の腿に嚙み付いた。

「あつ、ちちちち……」

文彦は片足を引きずり、しかし走る勢いは止まらず、太い身体をねじりながら川面にけたたましい水飛沫をあげた。

後ろの下っ引が弓を恐れて切岸に身体をすくませた。

文彦が溺《おぼ》れていたが、下っ引は弓が恐《こわ》くて助けられなかった。

そのとき、雁木を鳥と鬼が駆けおりてきた。

巨体の鬼は血まみれの羊太を担いでいる。

下っ引は前と後ろから挟まれ、「ええい」と川へ飛びこんだ。

惣吉が掩蓋の中に羊太をおろした。

「羊太、しっかりしろ」

耳元で呼んだ。羊太が呻いた。

「水飲むか」

「後にしろ。櫓を握れ」

杭に結んだ綱を解《ほど》いている代助が喚いた。

「乱さんがまだ……」

三和が叫んだ。

と、川上の鎧《よろい》の渡《わた》しに同心の黒羽織と追っ手らしき一団が渡船《わたしぶね》に乗りこみ追ってくる気配が見えた。

代助が棹を握り、惣吉が櫓柄《ろづか》をつかんで乱之介を待った。

渡船の役人らが動き出し、こちらへやってくる。

舳《へさき》で同心が十手をかざしていた。

「まだよっ」

三和は叫び、弓を渡船へ向けて絞った。

ちっ、と代助が舌打ちする。

刹那《せつな》、ざわめきに追われて乱之介が雁木を駆けおりてきた。

きりぎりすへ走る乱之介のすぐ後ろに、同心と捕り方らが川縁へ荒々しくくだってくる。

ぴぃぃぃぃぃ……

呼子が川筋に吹き鳴らされる。

三和は追いかける同心へ的を移し、矢を放った。

ひゅうん。

矢は切岸を跳ねたが、追いかける同心を怯《ひる》ませた。

「船を出せえっ」

乱之介が駆けながら叫び、代助が棹で川縁を突いた。

ゆらり、ときりぎりすが川面を滑り出た。

川縁が見る見る遠ざかる。

「早くうっ」

三和の叫び声が川面を震わせた。

瞬間、乱之介の痩軀《そうく》が跳躍し、天空を飛んだ。

みなが茜色《あかねいろ》に染まりつつある空を仰いだ。

乱之介は隼のように天空の風に、鮮やかに乗ったかに見えた。

誰もが飛翔する一羽の隼に見惚《みと》れ、川筋に一瞬の静寂が走った。

次の瞬間、隼が空に躍り、船に舞いおりたとき、追っ手の同心らが、おおっ、とどよめいた。

「よおおし」

代助が歓喜の声をあげた。

けれども渡船の捕り方が勢いよく近付いている。

呼子が川筋の町のあちこちで鳴り響いていた。

「追っ手がくる」

「お三和、火薬玉を寄越せっ」

三和が掩蓋から爆薬を入れた布袋と蠟燭《ろうそく》を取り出した。

川下の霊岸橋の袂に同心ら捕り方が廻りこみ、ゆき先をふさごうと六尺棒や突棒、刺股《さすまた》、袖搦《そでがらみ》、投げ縄を構えて待ち構えていた。

六尺棒が早くも飛んできて、掩蓋の屋根で跳ねた。

「お三和、弓で威《おど》してやれ」

「はいっ」

三和が三度《みたび》、きりきりと絞った矢を放った。

ひゅうん、ひゅるひゅるひゅる……
矢が頭上で鳴ると、同心ら捕り方が頭を伏せた。
その隙に乱之介が火薬玉を捕り方の中へ投げ付けた。
導火線が燃えながら、玉は手鞠《てまり》のように堤を転がる。
「火薬だあっ。伏せろ」
同心が叫び、捕り方は一斉に散らばった。
押されて川へ落ちる者が出た。次の瞬間、
ばあん……
と爆発音が鳴り響き、堤の土が舞いあがった。
白い煙が周辺をたちまち包んで、何も見えなくなる。
音と煙で驚かすが、爆発は小さい。
だが、慣れていなければ肝を冷やす。捕り方らはしばらく頭をあげられなかった。
一方、川上から追っ手の同心らを乗せた渡船がきりぎりすに迫っていた。
渡船の舳に青木が身構え、先ほどの大番屋での乱戦の雪辱に燃えていた。
「やれえっ」
手先のひとりに命じた。

手先は青木の前へ進み出、大きな鉤《かぎ》を付けた縄を頭上で無気味な擦過音をたてて廻し始めた。

きりぎりすの船縁に鉤を嚙ませ、船を止めるつもりらしい。

「やべえっ」

櫓を懸命に漕ぎながら代助が喚《わめ》いた。

だが縄よりも先に乱之介の火薬玉が、空へ高く投げあげられた。

渡船の捕り方らが火薬玉を見あげる。

投げ縄を廻す手先も高く弧を描く火薬玉を追う。

そして落ちてくる。

川面へ落ちた。

ばああん……

爆薬が破裂し、凄《すさ》まじい水飛沫があがる。

「ひええっ」

渡船の捕り方が喚き、船底へ頭をさげた。

と、続いて二個目の火薬玉が今度は渡船の反対側で炸裂《さくれつ》し、船が傾《かし》いだ。

舳の手先は身体の平衡を失い、鉤縄もろとも川へ身を躍らせた。

渡船の周りを厚く白い煙が覆い、何も見えなくなった。

ただ、堤の喚声だけが聞こえた。

青木は水飛沫で濡《ぬ》れた顔を拭《ぬぐ》い、煙を透かして前方へ目を凝らした。

ほどなく、煙が薄れていき堀川の川筋が再び見えてきた。

「ああ?」

青木は左に右に見廻した。

一旦逃げた野次馬がざわめきつつ堤へ戻ってくると、異様などよめきが起こった。

川筋が大きく波打ち、川縁に難を避けている艀《はしけ》や川船がそこかしこに浮かんでいる。

二挺立てきりぎりすが炎と煙をあげながら、ゆらりゆらりと湊橋をくぐり新堀の方へ下っていた。

誰も櫓を漕いでいなかった。

「今だ。誤っててめえの船に火を付けやがった。追え、追え」

青木は十手を振り廻し叫んだ。

ぱちぱち、と炎が音を立て、きりぎりすの掩蓋が燃え始め、黒煙がもうもうと新堀の川面を包んだ。

捕り方の誰も、大川三ツマタの方へ漕ぎ去っていく猪牙に気付かなかった。

五

甘粕孝康率いる小人目付と従う手先らが、洲崎弁天前町はずれの船宿弁天を囲んだのは周辺が薄暗くなりかけた六ツすぎだった。

南北両町方の捕り方が正面搦《から》め手に陣取り、孝康らは町方の後詰《ごづ》めに廻った。

しかし、世直党のねぐらを深川洲崎弁天前町の船宿弁天と町奉行所へ報《しら》せたのは、甘粕孝康の指示を受けた小人目付衆だった。

報せを受けた北町奉行大草能登守は、

「かの不届きな一味らの捕縛は町方が果たすべき務めである」

と主張し、捕り方を繰り出した。

孝康は騎馬を駆って洲崎へ向かう途中、南茅場町大番屋を世直党が捕えられた仲間を救うために襲った騒ぎを、馬上で知らされた。

孝康は傍《かたわ》らに徒歩で従う森安郷に、

「せめて町方は責問いなどせず、仲間を泳がせねぐらをつかみ、それから囲むべきであったな」

ともらしたが、すでに町方の不首尾は明らかであった。

「面目ございません」

森は乱之介に見付かった自らの失態を恐縮しつつも、あの斎権兵衛の薫陶《くんとう》を受けた倅らしい、と心のどこかで思っていた。

掘割の堤道を夥《おびただ》しい町方の御用提灯《ごようちょうちん》がふさいだ。

騎乗の孝康と森ら小人目付衆は、江島橋の北詰め木場町の堤道に展開していた。

薄暗がりに包まれた洲崎弁天の屋根や杜の影が、宵の薄墨色の空に浮かんでいた。

船宿は、弁天の杜の傍らに看板行灯《あんどん》を灯し、表障子戸に暖簾をおろし、中は明かりが灯っている。

町方が船宿を鼠《ねずみ》一匹逃さぬように取り囲んでいるのも気付かず、いつも通り宿を営んでいるふうだった。

黒塗りの笠をかぶった孝康は、穏やかな表情で掘割の先を眺めていた。

弁天の前の桟橋に、きりぎりすも猪牙も舫っていない。

「おかしいな」

孝康は呟《つぶや》いた。

「穏やかすぎますな」

森が応じた。

乱之介ら一味が、船宿に閉じこもり捕り方が囲むのを待っているはずがなかった。

「かかれっ」

指図《さしず》の与力の声が響き、町方の御用提灯が一斉に動き出した。

喚声があがり、表の障子戸がたちまち無残に破られた。

御用提灯が小さな宿の中へなだれこんでいった。

空しい物音が、掘割の堤道一帯にしばらく続いた。

だがその捕物騒ぎ以外は、木場の周辺は寂しい夜の静寂が立ちこめていた。

木場町の町民らが、一箇所に固まって捕物騒ぎを見守っている。

遠くの犬の鳴き声が、空しさを募らせた。

「やはり、無理でしたな」

森が傍らでぽつりと言った。

船宿を家探《やさが》しする物々しい騒ぎはあっけなく収まっていた。

「森」

と、孝康が弁天を見つめたまま言った。

「斎乱之介とは、どんな男だ」

森は短い間を置いた。それから応えた。

「十三のときに父親権兵衛は手先に使い始めました。十三の小僧に、それがしの剣の腕はすでに歯が立ちませんでした」

「凄《すご》い男だな」

「どうでしょうかな」

「違うのか」

「剣の腕は凄いかも知れませんが、あの男は真《ま》っ直《す》ぐにすぎます。おのれの身を捨ててでもおのれの節《せつ》を貫き通すような、それは強さでもありますが、弱さでもあります。乱之介は父親権兵衛に似ております。父親の弱さも受け継いだのです」

「ふふん。複雑なのだな」

孝康は小さく笑い声をもらした。

「そんな真っ直ぐな男が、盗みを働くか」

「真っ直ぐなゆえに、ああなったのです」

「歪《ゆが》んでいるのはお上だと、言いたいのだな」

「め、滅相もありません」

森は馬上の孝康を振り仰いだ。

孝康は真っ直ぐ前を見つめ、物思わしげに大きな息を繰りかえしていた。

森は、この若きお頭が乱之介と似ていると思っていた。

むろん、そんなことを口に出しはしない。

そのとき宿の中から女がひとり、捕り方らに引き出されてきた。

女は孝康らにも聞こえる声で喚いて、くどくどと哀願していた。

あたりはとうに薄暗く、女の年格好はよくわからなかった。

「あれは誰だ」

「お杉、という女かもしれません」

「ああ、元人買のか」

女の泣き声が、掘割端に響き渡った。

「あっしはただ、こちらのご主人に雇われて、働いていただけなんですよ。あっしみたいな年寄に、ご無体《むたい》な仕打ちは止《よ》してくださいな。あっしが一体、何をしたって仰《おっしゃ》るんです」

と叫んでいる。

「人買のお杉、か」

そう呟いたばかりで、孝康は動かなかった。

「一味は、江戸を去りましたな」

森は孝康を見あげ言った。すると、

「そうだろうか。まだ仕残していることがあるのではないか」

と、孝康は自分のことのように応えた。

「仕残している？」

「森が今言ったではないか。おのれを捨ててでもおのれの節を貫く弱さがあると。それがあの男の弱さなら、そこを突くしかあるまい」

孝康の肩がはずんでいた。

「手の者を使い、隠密に、鳥居耀蔵さまを見張れ。それからこれも隠密に、蓬萊屋、白石屋、山福屋、同心大江勘句郎を今一度問《と》い質《ただ》し、世直党にかどわかされていた間に、一味に鳥居さまの身辺の公私にわたりどのようなことを訊かれ、何を応え、何を応えなかったかを詳細に確かめるのだ。どんな些細《ささい》なことでも残らず」

「御意《ぎょい》」

森は言った。

「のみならず……」

孝康が続けた。

「鳥居さまのわたくし事の暮らしの中で仮に、われらが鳥居さまを襲うとすれば、いつ、どこがよいかを調べさせよ。森、あの男の目と心になって、あの男が見つめているもの、思い定めている狙いを読み取るのだ」

「御意」

「会ってみたい」

孝康がそう呟いた。

似ている――森は宵の薄暗がりに包まれた孝康を見あげたまま、再び思った。

あたりは夜の静けさが深まり、御用提灯が堤道に空しく蠢《うごめ》いていた。

結　故郷

一

木々の葉が紅く染まり始める秋のたけなわ、江戸に吹く風にも冷たさが兆していた。

そろそろ紅葉のころだ、と住人が思ったその数日後には江戸市中のそこかしこで一度に木々が紅色に燃え始まり、人々の目を驚かせ、楽しませた。

さらに三日四日と穏《おだ》やかな秋の日がすぎ、町娘らの白いうなじを涼気がくすぐるそんなある日の昼さがりだった。

明るい大空にはぽかりぽかりと雲が浮かび、大川辺では鴫《しぎ》が鳴き騒ぎ、土手を覆う草が匂《にお》っていた。

公儀目付鳥居耀蔵は、広大な加賀藩上屋敷の、両脇に唐破風《からはふ》造りの番所を備えた壮麗な表門前をすぎながら、土塀の上にそびえる少しずつ色付き始めた木々へ目を遊ばせた。

ここから中山道《なかせんどう》との追分《おいわけ》を本郷《ほんごう》の通りへ取って、駒込《こまごめ》にいたるなだらかな街道をたどっていく。

通り沿いに武家屋敷の壁からのぞく枝葉が、通りに木陰を作っていた。

惜しい……

と、鳥居は呟《つぶや》いた。

穏やかな秋の昼さがり、人通りもまばらな道は眠たげにどこまでも延びていた。

鳥居は深編笠《ふかあみがさ》で日差しを避けてはいたが、四十三にして二重に肉の垂れた顎《あご》に長い道のりを歩いて少し汗をかいていた。

浅黒い顔に獅子鼻《ししばな》の鼻の穴をふくらませ、切れ長な大きな目を不機嫌《ふきげん》そうに左右に配っているのは、不機嫌だからではなく、この道をゆくとき鳥居はいつもこういう顔付きになるのだった。

従者はひとり、小人目付の辻政之進を従えているのもこの道をゆくときの慣例だった。

道の両側に続いていた組屋敷などが寺院の壁や町家に変わり、加賀藩邸から四半刻《しはんとき》ほど歩いて駒込片町にいたる。

その町中に諏訪山吉祥寺《すわさんきちじょうじ》の門前町があり、練塀《ねりべい》に長々と囲われた吉祥寺の総門を構えていた。総門には《旃檀林《せんだんりん》》と記した扁額《へんがく》が掲げてある。

駒込の曹洞宗吉祥寺は鳥居家の菩提寺《ぼだいじ》であった。

鳥居は月に二度、吉祥寺境内《けいだい》の鳥居家先代の墓参を行ない、その帰途、吉祥寺裏の植木屋が多い百姓地町の妾宅《しょうたく》へ寄る慣わしになっていた。

二度のうちの一度は、必ず先代の月の命日に墓参した。

従者が辻ひとりなのは、妾宅へ目立たぬように寄りたいがためだった。

門前町を吉祥寺へ折れ、閉じられた総門の前で《旃檀林》の扁額を鳥居は読んだ。

それから三段ばかりの石段を踏んで、総門脇の潜戸《くぐりど》をくぐった。

本郷の通りより総門までくる間、鳥居と従者は、旅姿の侍二人と中間《ちゅうげん》ら二人の一行にまったく気付かなかった。

一行は根津権現《ねづごんげん》の鳥居前から曲がりくねった坂をのぼり、武家屋敷の土塀に挟まれた小道をたどって本郷の通りに出て以来、ずっと鳥居らの後方にあったのだが……

総門から幅二間の石畳が、銅を葺《ふ》いた緑色の屋根が覆う壮麗な仏殿まで、広々とした境内を百間以上も真っ直ぐに延びていた。

石畳の両側は、銀杏《いちょう》、椎《しい》、樫《かし》などの巨木が涼しげな影を並べ、木々の後ろ側には墓地がどこまでも広がって見えた。

石畳のはるか先に、鐘楼《しょうろう》と二層の経蔵《きょうぞう》が神聖な墓地を守って並んでいる。

吉祥寺は曹洞宗の修行所でもある。

境内には参詣《さんけい》の人影も僧侶《そうりょ》の姿も見えず、厳《おごそ》かな静寂が大空の下を包んでいた。

鳥居は石畳に草履《ぞうり》を鳴らした。

おのれと背後の辻の足音だけが聞こえ、人嫌いのこの男は邪魔《じゃま》の入らないひとりの心地が気に入っていた。

深編笠の縁をあげ、前方の仏殿を寛《くつろ》ぎ加減に眺めた。

天保世直党などと埒《らち》もない盗《ぬす》っ人どもを取《と》り逃がしたことは腹立たしかった。

だがあんな盗っ人どものことなど、本当はどうでもよかった。奪われた六千両もの大金も、蓬萊屋や白石屋、山福屋ら仲買の日ごろの商《あきな》い高から見れば、さほどの損失ではない。

それよりも、洋学などにかぶれておる不届き者らを徹底的に取り締まることの方が、はるかに重要だった。

あの者らを野放しにしては危険だ。天下から抹殺《まっさつ》しなければならぬ。そのためにはご執政に取り入る必要がある。やはり水野さまか。あの方は必ずや、老中首座に就かれるだろう。

それを考え始めると切りがなかった。

ふと、甘粕孝康の顔が脳裡《のうり》をよぎった。

甘粕の小倅《こせがれ》の育ちのよさを鼻にかけ、俊英を気取った冷ややかな様子を見ると、無性に腹立たしさを覚えた。

甘粕孝康と聞くと、必ず女たちが騒ぐ。

馬鹿ばかしい。甘粕ごとき口ほどにもない。

あんな無能な者に捕縛《ほばく》を命じたから、一味を取り逃がす体《てい》たらくだ。

今に落ち度を洗い出して、甘粕の家は小普請《こぶしん》に入れてやるわ。

鳥居は取りとめもなく思い廻《めぐ》らしつつ、歩みを進めていた。

そのとき後ろの総門の潜戸が開いた。

従者の辻政之進は、竹笠に黒の袖《そで》なし羽織の侍が二人、菅笠《すげがさ》の中間二人を連れ境内へ入ってくるのを認めた。

二人の侍は竹笠を目深《まぶか》に、足早な歩みを見せた。

前のひとりは長身瘦軀《そうく》で、後ろは幾ぶん小柄に思えた。

素槍《すやり》を担いだ中間は、大男だった。
中間は、侍の後ろの石畳を大股《おおまた》に踏んでいた。
今ひとりは挟箱《はさみばこ》を門扉に凭《もた》せかけ、潜戸に閂《かんぬき》を鳴らして差した。
四人の一行の足取りは早く、真《ま》っ直《す》ぐこちらへ近付いてくる。
あれで墓参か——と辻は首をひねった。
主《あるじ》の背中を見たが、主はまだ気付いていなかった。
辻は今一度、侍らへ振り向いた。
見る見る間が縮まっていた。
竹笠の陰になった侍の顔が、一瞬、見えた。
そこで初めて異変に気付いた。
翁《おきな》だった。
全身に戦慄《せんりつ》が走った。
大男の中間が槍の黒鞘《くろざや》をはずし、腰に構えて小走りになっていた。
投げ捨てた黒鞘が、石畳にからからと音を立てる。
その顔は鬼だった。
もうひとりの侍は般若《はんにゃ》で、後尾を走る中間は烏《からす》だった。

般若と烏が、走りながら抜刀した。
あっ、あれは……辻はうろたえた。
後ろを見ながら主の方へ走りつつ、刀の柄《つか》に手をかけた。
「ろ、狼藉者《ろうぜきもの》っ」
鳥居が「ううん？　騒がしい」と振りかえったのはそのときだった。
鳥居は深編笠の下で目を剝《む》いた。
束《つか》の間《ま》に、翁が辻にたちまち追い付いていた。
翁の顔は辻を憐《あわ》れんでいた。
斬《き》る。辻に怒りがこみあげた。
即座に抜き放ち、そこで反転し踏み止《とど》まった。
上段に構えたその瞬間、翁が抜刀しつつ辻の脇《わき》をすり抜けていた。
腹に一撃を喰《く》らい、上段の構えが崩れた。
翁を見かえる間もなく、続く般若の白刃《はくじん》が辻の首筋を嚙んだ。
「父の仇《かたき》っ」
般若がひと声、高らかに言った。
嚙《か》み付いた白刃は、そのまま首筋を撫《な》で斬った。

辻は悲鳴をあげた。

血飛沫《ちしぶき》を噴き、辻は横転し、石畳を転がった。

「鳥居耀蔵、借りをかえしにきた」

翁のくぐもった声が言い、鳥居へ真っすぐに迫っていた。

「ああ」

鳥居は叫んだが、咄嗟《とっさ》に身体《からだ》が逃げた。

途端、深編笠が風に煽《あお》られた。

「狼藉い、狼藉だあっ」

境内に叫び声を響かせながら、懸命に抜刀した。

広大な境内は何事もないかのように静まりかえっている。

片方の草履が脱げ、転びそうになったのを堪《こら》えた。

「ぶ、無礼者。寄るな。く、くるな。助けて、誰《だれ》かぁぁぁ」

怯《おび》え、取り乱して逃げる鳥居の目に、前方木立ちの陰より二つの影が現れ、駆け寄るのが認められた。

鳥居はうなったが、すぐに甘粕孝康と小人目付の森安郷だとわかった。

「あま、甘粕どの」

足音が聞こえすぐ後ろに迫っていた。
振り向くと、上段に構えた翁が笑っている。
後ろに般若、鬼、烏が駆けていた。
鳥居は喚《わめ》き、前のめりに倒れこんでいった。
風に煽られた深編笠が邪魔《じゃま》だった。
ぶうん、と剣が背後でうなった。
瞬間、孝康の払いあげた剣が、翁の一撃をはじきかえした。
翁ははじかれた一刀を翻《ひるがえ》し、孝康へ打ちかえす。
受け止めた孝康の身体を肩で突き退けた。
その束の間に、鳥居は這《は》って森安郷の後ろへ逃れていく。
そこでようやく邪魔な深編笠を脱ぎ捨てた。
「どけえっ」
翁が叫び、森へ打ちかかった。
その横から、孝康が袈裟懸《けさがけ》に浴びせかける。
それを、かちん、と鋼《はがね》を鳴らして翁は受け止めた。
二本の刃《やいば》が擦れ合い、歓喜の雄叫《おたけ》びをあげるかのように軋《きし》んだ。

追い付いた般若が孝康へ斬りかかり、鬼が「せえいっ」と槍を突き入れようと計った。

しかし、般若と鬼、後尾に付く烏の両側から墓地にひそんでいた小人目付衆が次々と現れ、三人を取り囲んで動きを封じにかかる。

「囲まれるな」

烏が叫んだ。

ひゅうん、とうなった烏の石飛礫《いしつぶて》がひとりの顔面を痛打し、打たれた男が呻《うめ》いてうずくまった。石飛礫でも打ち所によっては十分倒せた。

般若と鬼と烏は止まらず、ひたすら前へ前へと走る。

鬼は槍を左右に振り、烏は左手に脇差《わきざし》、右手に石飛礫を強く握った。

しかし般若は、次々と襲いかかる小人目付衆の攻撃を防ぐために動きが止まった。

鬼と烏は、そんな般若を庇《かば》うように固まらざるを得なかった。

そのとき、孝康が叫んだ。

「斎乱之介だな。もはやこれまで。観念して縛《ばく》に付け」

乱之介と孝康は、ぎりぎりと刃を噛み合わせ、一歩も譲らなかった。

鳥居は森の後ろで尻餅《しりもち》のまま後退《あとじさ》りながら、

「甘粕どの、斬れ斬れ」

と、喚いていた。

「甘粕孝康か。邪魔だ。おぬしの命など、欲しくはない」

「おぬしの好きにはさせん。おれを討てるか」

森は、乱之介と孝康の攻防を睨《にら》みつつ鳥居を守って後退していく。

乱之介は総身《そうみ》の力を振り絞った。

刹那《せつな》、嚙み合う刃が悲鳴を発し、両者は後ろへ跳んだ。

「よかろう。相手になってやる」

乱之介は上段へとり、言った。

「こい。この手で世直党を成敗し、この手でその面を剝《は》ぐ」

孝康は青眼《せいがん》に構え、それから乱之介を誘うように構えを下に落とした。

「孝康さま、備えを」

森が声を投げた。

乱之介は誘いを承知で孝康へ突進し、瞬時に間をつめた。

孝康の想定をはるかに越える速さだった。

乱之介の一撃を払い斬りかえす孝康の攻めが崩れた。

やむを得ず孝康は自分の間を保つため、突進を阻《はば》む態勢で乱之介の斜め前方へ走った。

乱之介が孝康を追う態勢になり、二つの身体が石畳を駆け始めた。

石畳を激しく蹴《け》りながら二つの身体は、一間半の間から一間、そしてさらに縮まる。

なんとしても鳥居を討つ。

なんとしても阻んでみせる。

意地と意地が肉薄し、二人の間が一間より縮まった一瞬だった。

双方からほぼ同時に繰り出された撃刃《げきじん》が打ち鳴り、火花を散らした。

その一瞬を機に、二つの体軀《たいく》は躍動を開始した。

打てばはじき打ちかえし、斬りあげ打ち落とし、またはじきかえし打ちかえす。

互いに瞬時も攻撃の手を休めなかった。

両者の駆ける石畳が鳴った。

鋼《はがね》がうなりをあげるたびに、獣のように嚙み合う。

二人は野獣と化し、凄《すさ》まじい熱血が二人を包んだ。

血が沸騰し、ぶつかる息吹きが火を噴いた。

刀が折れ、力尽きるまでと命の瀬戸際で斬り結んだ。

小人目付衆に囲まれた三和と惣吉、代助は、刀、槍、脇差を振り廻しながらも、石畳を駆けてゆく乱之介を追った。

しかし多勢に無勢だった。

攻めかかる集団に惣吉は槍を薙《な》いで防いだ。

代助は石飛礫を次々に浴びせる。

ひゅうん、ひゅうん……うなる石飛礫が何人かの小人目付の顔面にはじけ、攻め手を怯《ひる》ませた。

乱之介が倒れれば、三和と惣吉と代助も倒れる。

命はとっくに捨てていた。

そのとき乱之介と孝康は駆けに駆け、鐘楼の傍らまで達していた。

と、どちらからともなく動きが変転した。

「たあっ」

孝康の一撃が乱之介の胴を薙いだ瞬間、乱之介の痩軀は高々とはずんだ。

一刀が空《くう》を斬り、乱之介は孝康の頭上を飛翔した。

そして、鐘楼の石段上へ軽々とおり立った。

と、乱之介は孝康が体勢を翻す間を与えず再び飛び立ち跳躍した。

「ああっ」
森が叫んだ。
乱之介の自在な動きに、孝康の構えが乱れていた。
上段に取った乱之介が、真っ青な天空を飛んでいた。
四肢《しし》を隼の羽のように大きく広げた。
そして、痛烈な一撃が打ち落とされた。
孝康の必死に防ぐ剣がはじき飛ばされ、身体は大地に打ち倒された。
はじけ飛んだ刀が石畳を鳴らしたとき、
「とおおお」
森が乱之介に斬りかかる。
乱之介は森の一撃におのれの剣を易々《やすやす》と絡《から》ませた。
絡ませたまま下段へ落とし、円弧を描いてそれを上段へ撥《は》ねあげた。
森の刀は高々と空の彼方《かなた》へ飛んでゆく。
即座に身を翻し、切っ先を石畳の刀に手を伸ばした孝康の胸元へ突き付けた。
「乱さんっ」
三和と惣吉と代助が、乱之介の後ろを固めるように追い付いた。

迫る小人目付衆らが、四人をぐるりと取り巻いた。

惣吉が槍を構え、代助は石飛礫で備えた。

三和は八双に構えている。

戦う者らの荒々しい呼吸が聞こえた。

「これまでだ」

乱之介は言った。

胸元に刃を突き付けられた孝康は身動きできなかった。

「手を出すな」

森が小人目付衆に命じた。そして、

「乱之介、止《ゃ》めろ」

と、叫んだ。

しかし孝康は胸をはずませ、言った。

「討て」

乱之介の肩もゆれていた。

この決着に、鳥居耀蔵は喚きながら仏殿の方へ逃げていく。

追いたいが、囲いを固める小人目付衆らは四人の追撃を許さなかった。

乱之介は逃れる鳥居を目で追い、「ちっ」と舌を鳴らした。

「おれを討て」

孝康がまた言った。

乱之介は孝康へ向いた。

「おぬしの命など、要《い》らぬ」

二人は睨み合った。

「もうここに用はない。さらばだ」

乱之介は言った。

「逃げられんぞ」

「逃げるさ」

乱之介は柄《つか》を、嘲笑うように鳴らした。

「顔が見たい」

間があった。

翁の肩がゆれていた。

森は固唾《かたず》を呑んだ。

翁が二度三度頷《うなず》いた。

それから、ゆっくり面を取った。

孝康は乱之介の幼さの残る澄んだ相貌《そうぼう》に、胸を打たれた。

取り巻く小人目付衆がじりじりと間をつめていた。

二人は互いに目をそらさなかった。

乱之介の額《ひたい》から汗がしたたった。

「逃がさぬ」

孝康が言った。

「おぬしに頼みがある」

なぜか乱之介が言った。

「………」

「中川を越えた川沿いのどこかの村に、昔、人買《ひとかい》がいた。おれは物心付いたときから人買の納屋《なや》で暮らしていた。ほかにも子供が大勢いた。みな小さな子供ばかりだった。その納屋が、おれの故郷だ」

孝康はじっと乱之介を見あげていた。

「人買は今もいるかも知れぬ。おぬしの力で探索し人買を見付け出し、子供らを救うてやれ。子供らの故郷を探し、親に子供らをかえしてやれ」

乱之介の目が光った。

「それだけだ」

いくぞ——乱之介が面を付け、般若と鬼、烏に叫んだ。

ひゅうん、ひゅうん、と代助の石飛礫が小人目付衆を威嚇《いかく》した。

乱之介の痩軀が躍動した。

刀を真っ直ぐ突き出し、総門へ走った。

三和が続き、惣吉が地響きを立て、代助は後尾に付いて石飛礫をかざしながら乱之介の後を追った。

「追うな」

孝康が小人目付衆に命じた。

目付衆らは孝康の命《めい》に戸惑いつつ、足を止めた。

孝康は立ちあがった。

四つの人影が、総門の潜戸の外へ消えた。

「お頭《かしら》」

森が孝康の刀を拾いあげた。

「鳥居さまは？」

「僧房へでも逃げこまれたのでしょう。見当たりません」

森が仏殿の方を見やった。

数人の僧が、騒ぎに気付いて境内へ姿を現していた。

「会うたぞ、斎乱之介に」

孝康が刀を納めながら言った。

「どのような男と、見られましたか」

「わからん。ただ、原野にそびえる一本の木が見えた。寂しい佇《たたず》まいの大きな木だ」

森は不思議そうに孝康をみあげたが、それ以上は聞かなかった。

石飛礫に打たれ座りこんだり倒れたりしていた小人目付衆らが、起きあがろうとしていた。まだ呻いている者もいた。

参道の向こうに辻政之進が横たわり、血が石畳を汚していた。

「してやられた」

孝康はその様子を眺め、呟いた。

「やられましたな。しかし、惜しゅうございました」

「惜しくとも負けは負けだ。あの男に、命を救われた」

「それでも、木を切り倒すのはお頭しかおりません」

森は真顔で言った。

孝康はそれには応えなかった。

「傷付いた者の手当てをしてやれ」

と、神聖な境内の静寂をこれ以上騒がせまいとしてか、静かに言った。

二

庄内古川《しょうないふるかわ》から古利根《ふるとね》の流れを継ぐ中川は、武蔵東部より江戸の東を貫流して海へそそいでいる。

中川を越えると江戸朱引内の外になり、町奉行所の支配も及ばない。

遠く離れた田んぼでは収穫を待つ黄金色の稲穂がそよいでいた。

はや晩秋の九月、江戸の朱引内の境にある中川を越えた葛飾郡《かつしかぐん》小岩村《こいわむら》の番太《ばんた》の住まいを、公儀目付甘粕孝康と小人目付頭森安郷率いる小人目付衆、さらには陣屋の手代と手先らも加わった一隊が取り囲んだ。

それは孝康の役目からははずれていたが、孝康は自ら騎馬を駆り、森ら小人目付衆の手勢を引き連れ小岩村へ出向いていた。

番太の住まいは、村の人家から幾ぶん離れた村への出入り口にあたる田面《たづら》を貫く道筋にあって、主屋《おもや》のほかに大きな納屋や鶏小屋などがあった。

番太は陣屋から十手を持つことを許された土地の目明しをも務め、得体《えたい》の知れない子分らを十数人抱え、裏の顔は土地の貸元《かしもと》であることは知られていた。

だが陣屋の手代らは、近在の治安を維持する番太の裏の顔に目をつむっていた。

その日、公儀目付が直々《じきじき》に出役したことによって驚いたうえに、目付に従い出役を命じられた陣屋の手代らは、番太の住まいを取り囲んだものの戸惑いは隠せず、目付の顔色をうかがって、ただ指図《さしず》を待っていた。

孝康は騎馬の上から森にうなずいた。

「かかれ」

と、森が目付衆に命じた。

二十人を越える目付衆が番太の住まいへなだれこむと、陣屋の手代らはその後ろに従った。

番太の抱える子分らの抵抗はほとんどなかった。

村の田んぼへ散りぢりに逃げ廻るのを、目付衆や手代らが追いかけて捕らえる際に喚き散らしたのが騒ぎらしい騒ぎだった。

手代に縄をかけられ主屋から庭へ引き出された番太は、もう六十近い男だった。隣には年の若い女房、三十代と思われる倅、倅の女房が同じく縄目を受け、うな垂れ並ばされた。子分らもその後ろに引き据えられた。

番太はどういうことでえ、という顔付きでふてぶてしく手代らを睨みあげていた。番太は六十近い年の今なお近在の顔利きであり、裏街道では一目置かれる親分だった。日ごろ手代らはこの親分にずいぶん世話にもなっていた。

しかし手代らは、みな素知らぬ振りをした。

ほどなく、納屋へ踏みこんだ目付衆らが薄汚れた四、五歳と思える童子や童女らをぞろぞろと連れて出てきた。

中にはよちよち歩きの小さな子もいて、目付衆が両腕に抱きかかえていた。

みな怯えた目で目付衆を見つめ、庭へ騎馬を進めた孝康を見あげ泣き出す子もいた。

孝康は馬からおりた。

一番年かさと思える童子の側《そば》へいくと、

「名を聞かせてくれぬか」

と、穏やかに話しかけ、笑みを作った。

童子は上目使いに孝康を見あげ、やがておどおどと応えた。

「いなきち」

「いなきち、か。年は幾つだ」

「五つ」

「五つか。家はわかるか」

いなきちは、あっち、と汚れた指を東の方へ差した。

「家には父ちゃんと母ちゃんはいるのか」

それには応えも頷きもしなかった。

「お役人さま、この子らは孤児《みなしご》でごぜいやす。みな親に捨てられた可哀想《かわいそう》な子供らばかりでごぜいやす。仕方ねえだで、おらが気立てのいい里親を見付けるまで養ってやっているだけでごぜいやす」

番太が傍らの手代にぶつくさと言った。

「こちらのお役人さまはご存じでございやすねえ。なんなら、郡代《ぐんだい》さまにうかがっていただければ、わかるはずでやす」

手代らは番太から顔をそむけた。

「お役人さまはおわかりにならねえだで。おらがどれだけ子供らのために尽くしてきたか。よおくお調べいただけりゃあ、おわかりになりやす」

伜や子分らが頷いた。

森が番太の前へ歩み寄り、番太の横《よこ》っ面《つら》をいきなり張った。

「黙れ無礼者。人買、人さらいはご法度《はっと》ぞ。この場で成敗してもよいのだぞ」

森の剣幕に番太が恐れをなした。

隣の年若い女房や伜らが、いっそううな垂れた。

「よせ、森。子供らが怯える」

孝康は森を制し、いなきちに言った。

「腹は空《す》いているのか」

いなきちはこくりと頷いた。

「みなもそうか」

「みな朝から、飯は食ってねえ」

と、恥ずかしそうに応えた。

「そうか、よし」

孝康は目付衆に、すぐ飯を炊け、と命じた。

「子供らに腹一杯飯を食わせてやれ。まずは子供らが飯を食ってからだ」

目付衆らが「みなこい」と子供らを主屋へ導いた。

庭の隅で畏《かしこ》まっていた雇いの下男や端女《はしため》が、子供らの飯の支度にかかった。

一方、番太と女房や倅、それに子分らは手代が引っ立てていった。

孝康と森は、番太らが村の野をひと連らなりに引っ立てられていくさまを追った。

やがて、主屋から子供らの声が少し賑《にぎ》やかに聞えてきた。

孝康は主屋へ目を移し、森に言った。

「歪んでいるのは、お上か」

「さあ……」

森は首を傾《かし》げただけで、それ以上は応えなかった。

孝康は天空を見あげた。

鳥影が見え、雲が流れていった。

こんなものでいいのか――孝康は心の中で訊《き》いた。

孝康はあの男の顔を思い出し、なぜか苦笑を堪《こら》えられなくなった。

こんなものでいいわけがないだろう、とあの男になじられそうな気がしたのだ。

「お頭、何がおかしいのです」

森が訝《いぶか》しげに訊いた。

「いや、天罰のことを考えていた……」

と、孝康は苦笑のまま、軽々と応えた。

三

芝の神明門前の七軒町《しちけんちょう》。その裏店《うらだな》の一画の二階家に住むお杉が、近所の米屋の表戸をくぐった。

「ごめんなさい」

「へえ、いらっしゃいまし」

帳場にいた亭主が、前垂れを整え前土間におりてきた。

亭主は、六十近いお杉のこってりと化粧をした顔を見て、背筋がぞくぞくっとした。

「いかほど、お求めでございますか」

「一斗ばかり、またお願いしますよ」

お杉が、に、と鉄漿《おはぐろ》を光らせた。

亭主はまたお杉の得体《えたい》の知れぬ色気に、ぞくぞくっとした。

「毎度ありがとう存じます。一斗でございますね。承知いたしました。七軒町のお店でございますね。小僧に担がせてお持ちいたします。ええ、お代は二十一匁《もんめ》に少々でございますが、毎度ごひいきいただいておりますので、二十一匁ちょうどにまけさせていただきます。はい」

亭主は手をすり合わせて笑った。

「あら、ずいぶん高いんじゃないの。この前は二十匁にお釣があったのにさあ」

「へえ、何ぶん在《ざい》の不作続きで、江戸への廻米《かいまい》が少《すく》のうございます。お米の相場が上がるのは致し方ないのでございまして、ここ数日の相場は一両で二斗七升五合なのでございますよ。相済みませんことで」

「いやですねえ。不作だ不作だって、いい加減な噂《うわさ》を振りまいて、またどこかの欲呆《よくぼ》けの誰《だれ》ぞが、買占め売り控えをやってお米の値を釣り上げているんじゃ、ありゃしませんか」

「商人はみな正直者ばかりでございます。買占め売り控えなど、お客さまを困らせるようなそのような間違ったことをする者はおりませんですよ。うふふ……」

「とかなんとか言っちゃって、どうだか。これじゃあまた、世直党にでも、なんとかしてもらわなくちゃあ」

世直党、と聞いて亭主は首をすくませた。

お代はこれで。頼みましたよ――と、お杉は肉付きのいい腰を振り振り、日和下駄《ひよりげた》をかたかた鳴らした。

「おありがとうございます」

亭主は肩をすぼめ、手もみしながらお杉を見送った。

米屋を出たお杉は、すっきりと晴れない空を見あげ、いやなお天気だね、このまま冬になっちまうのかい、と思った。

お杉は洲崎の船宿弁天に雇われていたため天保世直党の一味の嫌疑《けんぎ》をかけられ、問い詰められたが、六十近い元女郎のお杉がそんなだいそれた一味とは思われず、早々に解き放たれたのだった。

その後、この七軒町の小ざっぱりした裏店に住まいを見付け、ひとりで暢気《のんき》に暮らしているのであった。

お杉は芝神明の鳥居をくぐり、参道の石畳を小気味よく踏み社殿の佇む石段をあがった。

社殿の前で賽銭《さいせん》を投げ、鈴を鳴らして柏手《かしわで》を打った。

今日も一日、つつがなく暮らせますように。みな無事に旅を続けますように……

そう祈って頭《こうべ》を垂れたお杉の後ろの江戸の町には、今にも降り出しそうな黒雲が広がり始めていた。

同じ九月のある日の朝、常陸の国は霞ヶ浦《かすみがうら》の東岸、麻生《あそう》の宿《しゅく》から竹原への往還《おうかん》を五人連れの旅芸人の一座が荷車を引き歩んでいた。

日は差さず、厚い雲に覆われた霞ヶ浦は、冷たい風が吹き、鉛色の湖面に白波を立てていた。

旅芸人の一座は、山伏風体《やまぶしふうてい》の背の高い男が片方の肩に《大江戸天下一座》と記した幟《のぼり》を担ぎ、片方には錫杖《しゃくじょう》を突いていた。

後ろには、派手な布子の長着を裾端折《すそはしょ》りの大男が一座の荷物を荷車に積んで、前の山伏について車輪を軋《きし》ませていた。

大男が引く荷車には、白粉《おしろい》に赤い唇も艶《あで》やかな女が三味線を抱え、荷の上に座って寒々とした往還の周辺を眺めていた。

続いて同じく《大江戸天下一座》と記した幟を背に差した小柄な幾ぶん反《そ》っ歯《ば》の男が、びんざさらを手にして続き、最後の可愛《かわい》らしい目をした男は少し足を引きずりつつも、鉦《かね》と太鼓を担いでいた。

五人はみな菅笠や網笠、饅頭笠《まんじゅうがさ》などをかぶっていたが、冷たい風にあおられぬように笠の縁を押さえていた。

前を歩む山伏風体の男が、唄《うた》いながら舞いながら歩んでいる。

はらいきよめ奉る
ふえによるねのあきの鹿、妻ゆえ身をばこがす也
……色もかはりてえど桜

びんざさらが囃《はや》し、鉦と太鼓が鳴り、三味線が奏で、曇り空の彼方に延びる田舎道《いなかみち》を面白《おもしろ》おかしげに、そして少し果敢《はか》なげに唄いつつ、歩んでいく。

乱之介と代助、羊太、惣吉、そして三和は、常州潮来《いたこ》の俠客《きょうかく》で近在のやくざ稼業の貸元らを束ねる与五右衛門という六十を幾つかすぎた老親分の元に身を寄せた。

与五右衛門は裏街道のみならず陣屋の役人や近郷の村役人、霞ヶ浦で漁をする網元や漁師、在郷商人らともつながりのある顔利きだったが、やくざの身で若いときから陽明学に傾倒し、十代の末には江戸へ旅をして同学の士と肝胆相照《かんたんあいて》らす交わりを結んだという、妙な俠客だった。

その与五右衛門が、乱之介の父親権兵衛と親交があった。

乱之介は父親より常州潮来の俠客与五右衛門の話を聞いていた。

「土地の貸元と飯盛《めしもり》を抱えた旅籠《はたご》を束ねる渡世《とせい》の親分とは言え、気骨《きこつ》のある男だそうだ。疲弊した村々の二男坊や三男坊らは機業地《きぎょうち》へ働きに出て、やくざ渡世に身を持ち崩してゆく。娘らは女衒《ぜげん》に買われ宿場女郎になる。その者らの心がけがそうさせたのではない。それが生き方の関の山なのだ。与五右衛門はその者らのために渡世をしている。それもある意味では世のため人のために違いない、と父は言っていた」

乱之介は、いつか与五右衛門に会いたいと思っていた。

四人の仲間を引き連れ、潮来の地を踏んだ。

与五右衛門はむろん、斎権兵衛の非業《ひごう》の死も倅乱之介の運命も知っていた。

「一切気兼ねはいらねえ。いつまでも、気の済むまでいたらいい」

と、乱之介ら若い五人を快く迎えた。

与五右衛門は、乱之介と娘も加わった若い仲間らに不審を見せず、どのような旅暮らしをしてきたのかも知ろうとはしなかった。

やくざ渡世を知り尽くす与五右衛門は、善悪や有利不利を越えた義に生きていた。

古き友の倅が己を頼って訪ねてきた。男なら黙って受け入れる。義のためには己を無き者にする。

「それが俠客の覚悟というものさ」

と、仲間の中で一番年嵩《としかさ》の代助がわけ知りに言っていた。

旅芸人の一座に荷車の世話をしてくれたのも、与五右衛門だった。

「いくら若い力持ちが揃《そろ》っていても、これだけの荷物を担いで旅暮らしは辛《つら》かろう。旅芸人が荷車を引いていたって怪しまれやしねえ。この荷車を使いなせえ」

と、与五右衛門は言った。

そうして五人は、九月のその日まで羊太の疵《きず》を癒し痛め付けられた身体の養生《ようじょう》をかねて、与五右衛門の住まいの離れに滞在し、その日の朝、別れを惜しんでようやく北へ旅立ったのだった。

霞ケ浦の対岸は灰色の荒野が、重たげに横たわっていた。

昼日中《ひるひなか》にもかかわらず、野の道に人影は途絶えていた。

鳥の鳴き声もなかった。

まれに道をいき遇《あ》った百姓風体の通りかかりは、痩《や》せて険《けわ》しい目付きを一座に投げるばかりだった。

あばら家のような朽ちかけた百姓家が、道端のいたるところに見えた。

木々は繁《しげ》らず、木枯らしのような風が灰色の空にうなった。

旅芸人の一座は鳴り物をひそめ、唄うのも止《や》めて、荒涼として見える野の風景を見廻しながら、玉造《たまつくり》への街道をたどっていた。
びんざさらを提げた代助が、先頭の山伏風体の乱之介に並びかけた。
二人の背に差した《大江戸天下一座》の幟が、冷たい風に忙しなくひるがえってい
た。
「乱さん、こりゃあどうなっているんだ。まだ秋だぜ。まるで真冬のようじゃねえ
か」
代助が乱之介に話しかけた。
「今年もまた不作なのかな」
乱之介は野の彼方を眺めて応えた。
田畑とはとうてい思えない枯れ野が、道の向こうに広がっていた。
「これじゃあ、秋祭りどころの話じゃねえぜ」
代助が言葉を継いだ。
乱之介は後ろへ振り向いた。
三和の白い顔、大男の惣吉、まだ少し足を引きずっている羊太の三人が、厚い雲を
背に乱之介へ不安げな眼差《まなざ》しを投げてきた。
「あったかな常州でさえこうなんだから、この先の北はどうなっているんだろう。ぞ

っとするぜ」

代助がまた呟いた。

「代助兄さん、雨になりそうだ。急ごう」

乱之介は天空を見あげた。

灰色の雲が果てしない大空に重く伸《の》しかかっていた。

天保九年の晩秋、九月。誰も明日何が起こるかを知らぬ、北の道だった。

この作品は2011年7月徳間文庫として刊行された『双星の剣 疾風の義賊』に補筆し、一部改題した新装版です。

徳間文庫

疾風《しっぷう》の義賊《ぎぞく》

〈新装版〉

2018年12月15日　初刷
2020年5月31日　2刷

著者　辻《つじ》堂《どう》魁《かい》
発行者　小宮英行
発行所　東京都品川区上大崎三―一―一
目黒セントラルスクエア　〒141―8202
株式会社徳間書店
電話　編集〇三(五四〇三)四三四九
販売〇四九(二九三)五五二一
振替　〇〇一四〇―〇―四四三九二
印刷
製本　大日本印刷株式会社

ISBN978-4-19-894420-9　(乱丁、落丁本はお取りかえいたします)